Viagens Extraordinárias

Obras Completas de Júlio Verne em 90 volumes

1ª Série

1. A Volta ao Mundo em 80 Dias
2. O Raio Verde
3. Os Náufragos do Ar - A ILHA MISTERIOSA I
4. O Abandonado - A ILHA MISTERIOSA II
5. O Segredo da Ilha - A ILHA MISTERIOSA III
6. A Escuna Perdida - DOIS ANOS DE FÉRIAS I
7. A Ilha Chairman - DOIS ANOS DE FÉRIAS II
8. América do Sul - OS FILHOS DO CAPITÃO GRANT I
9. Austrália Meridional - OS FILHOS DO CAPITÃO GRANT II
10. O Oceano Pacífico - OS FILHOS DO CAPITÃO GRANT III

2ª Série

1. O Correio do Czar - MIGUEL STROGOFF I
2. A Invasão - MIGUEL STROGOFF II
3. Atribulações de um Chinês na China
4. À Procura dos Náufragos - A MULHER DO CAPITÃO BRANIGAN I
5. Deus Dispõe - A MULHER DO CAPITÃO BRANIGAN II
6. De Constantinopla a Scutari - KÉRABAN O CABEÇUDO I
7. O Regresso - KÉRABAN O CABEÇUDO II
8. Os Filhos do Traidor - FAMÍLIA-SEM-NOME I
9. O Padre Joann - FAMÍLIA-SEM-NOME II
10. Clóvis Dardentor

— LES VOYAGES EXTRAORDINAIRES —

COLLECTION HETZEL

Viagens Extraordinárias

Obras Completas de Júlio Verne em 90 volumes

1ª Série
Vol. 7

Tradução e Revisão
Mariângela M. Queiroz

Villa Rica Editoras Reunidas Ltda

Belo Horizonte
Rua São Geraldo, 53 - Floresta - CEP 30150-070 - Tel.: (31) 212-4600
Fax: (31) 224-5151
http://www.villarica.com.br

Júlio Verne

A ILHA
CHAIRMAN
Dois Anos de Férias II

Desenhos de L. Bennet

VILLA RICA
Belo Horizonte

2000

Direitos de Propriedade Literária adquiridos pela
VILLA RICA EDITORAS REUNIDAS LTDA
Belo Horizonte

Impresso no Brasil
Printed in Brazil

ÍNDICE

Natal na Ilha	9
O Segredo de Jacques	27
A Primeira Eleição	45
Ursos e Patinador	59
A Viagem dos Dissidentes	75
Dois Náufragos na Praia	86
Bandidos na Ilha	98
Papagaio Tripulado	114
Observação em Papagaio	128
Um Colono a Mais	143
Localização da Ilha Chairman	156
Astúcia Contra Astúcia	171
A Luta	185
A Partida	197
Volta a Pátria	209

1
NATAL NA ILHA

Na Gruta Francesa tudo se passara bem durante a ausência de Gordon. O chefe da pequena colônia só podia louvar Briant, a quem os pequenos testemunhavam sincera afeição. Não fosse seu caráter altivo e ciumento, Doniphan também teria apreciado suas qualidades. Mas isto não aconteceu e graças à ascendência que tinha sobre Wilcox, Webb e Cross, estes o apoiavam de bom grado quando se tratava de fazer oposição ao jovem francês, tão diferente, por seu físico e seu caráter, de seus companheiros de origem anglo-saxônica.

Briant não se importava com isso, de resto, e fazia o que considerava seu dever, sem jamais se preocupar com o que pensavam dele. Sua principal preocupação era a inexplicável atitude de seu irmão. Ultimamente, Briant pressionava Jacques com mais e mais perguntas, sem obter outra resposta senão esta:

— Não, irmão... não!... Não tenho nada!

— Não quer falar, Jacques? — dissera ele. — Faz mal!... Seria um alívio para cada dia mais triste, para você e para mim!... Observo que fica mais sombrio!...Vejamos!... Eu sou mais velho!... Tenho o direito de saber o que tanto o aflige!... Que tem?

— Irmão!... — respondera finalmente Jacques, como se não pudesse resistir a um remorso secreto. — O que fiz... Você, talvez... consiga me perdoar... mas os outros...

— Os outros?... — disse Briant. — Que quer dizer, Jacques?

Lágrimas brotaram dos olhos do menino. Mas apesar da insistência de seu irmão, só pôde acrescentar isto:

— Mais tarde saberá... Mais tarde!...

A resposta trouxe mais inquietação a Briant. O que Jacques esconderia de tão grave? Queria saber a qualquer preço. Logo após o regresso de Gordon, Briant falou-lhe destas meias confissões arrancadas a seu irmão, pedindo-lhe para intervir.

— Pare — respondeu-lhe sabiamente Gordon. — Mais vale deixá-lo agir espontaneamente! Quanto ao que fez... sem dúvida alguma travessura, cuja importância exagera!... Vamos esperar que ele mesmo se explique!

No dia seguinte, nove de novembro, os jovens colonos recomeçaram o trabalho. Primeiro, foi preciso dar atenção às reclamações de Moko, cuja despensa começava a esvaziar-se, se bem que as redes armadas nas proximidades da Gruta Francesa tivessem funcionado por várias vezes.

Assim que chegaram, o guanaco, a vicunha e os dois filhotes foram provisoriamente instalados sob as árvores mais próximas da Gruta Francesa. Cordas compridas permitiam-lhes os movimentos num grande raio. Isso bastaria durante o verão. Mas antes que o inverno chegasse, era preciso construir um abrigo conveniente. Gordon decidiu que um galpão e um cercado, protegidos por altas paliçadas, seriam imediatamente construídos ao pé da colina Auckland, do lado do lago, um pouco além da porta do salão.

O trabalho foi iniciado e verdadeira oficina se organizou sob a direção de Baxter. Era um prazer ver aqueles zelosos rapazes manejarem mais ou menos habilmente as ferramentas que tinham encontrado na caixa de carpinteiro da escuna. Árvores de grossura média forneceram o número de pilastras necessárias ao fechamento do recinto. Os troncos, solidamente enterrados no solo, ligados entre si por travessas, eram capazes de resistir a todas as tentativas dos animais malfeitores que tentassem derrubá-los ou transpô-los. O galpão foi construído com os bordos do *Sloughi*, o que evitou aos jovens carpinteiros o trabalho de serrar tábuas, bem difícil naquelas condições. O teto foi coberto com espessa lona alcatroada, a fim de que nada houvesse

Apesar da boa vontade de Service, nada se pôde fazer.

a recear-se das ventanias. Boa e fofa cama de palha, que seria freqüentemente renovada, forragem fresca, da qual se faria ampla provisão, e nada mais seria preciso para que os animais domésticos fossem mantidos em bom estado. Garnett e Service, mais particularmente encarregados de cuidar do cercado, muito em breve sentiram-se recompensados vendo o guanaco e a vicunha domesticarem-se dia a dia.

Além disso, o cercado não tardou a receber novos hóspedes. Primeiro, foi outro guanaco que caíra numa das armadilhas da floresta. Depois, um casal de vicunhas — dos quais Baxter se apossou com a ajuda de Wilcox, que também começava a manejar habilmente as bolas. Houve mesmo uma ema que Fido forçou a correr. Mas viu-se bem que ela seria igual a primeira. Apesar da boa-vontade de Service, que ainda insistiu, nada se pôde fazer.

Enquanto o galpão não ficou pronto, o guanaco e a vicunha eram guardados todas as noites no armazém. Uivos de chacais, ganidos de raposas, rugidos de feras ecoavam demasiado perto da Gruta Francesa e não se podia cometer a imprudência de deixá-los do lado de fora.

Enquanto Garnett e Service se ocupavam especialmente de cuidar dos animais, Wilcox e alguns de seus camaradas não cessavam de preparar armadilhas e redes que visitavam diariamente. Por outro lado, houve trabalho também para dois dos pequenos, Iverson e Jenkins. Os perus selvagens, as faisãs, as pintadas e perdizes necessitavam de galinheiro, que Gordon dispôs num ângulo do cercado, e foi aos meninos que coube a tarefa de cuidar dele. Moko tinha agora à sua disposição não apenas o leite da vicunha, mas também os ovos das aves. E, certamente, teria confeccionado vezes sem conta delícias a seu gosto se Gordon não lhe tivesse recomendado economizar o açúcar. Era apenas nos domingos e certos dias de festa que se via aparecer sobre a mesa um prato extraordinário, com o qual Dole e Costar se deliciavam.

Todavia, se era impossível fabricar açúcar, não seria possível encontrar material que o substituísse? Service afirmava que era só procurar. Gordon então procurou, e acabou por descobrir, no meio das matas do bosque das Armadilhas, um grupo de árvores que, três meses mais tarde, nos primeiros dias do outono, iam cobrir-se de folhagem vermelha do mais vivo efeito.

— São bordos — disse, — árvores de açúcar.

— Arvores de açúcar! — exclamou Costar.

— Não, guloso! — respondeu Gordon. — Eu disse que dão açúcar!

Era uma das mais importantes descobertas que os jovens colonos faziam desde sua instalação na Gruta Francesa. Fazendo uma incisão no tronco dos bordos, Gordon obteve um líquido, produzido pela condensação da seiva. Ao solidificar-se, resultou num material açucarado. Embora inferior em qualidade aos açúcares de cana e de beterraba, a substância não era menos preciosa para as necessidades da despensa e melhor, em todo o caso, do que os produtos similares que se extraem da bétula, durante a primavera.

Se fosse possível ter açúcar não tardaria a haver licor. Pelos conselhos de Gordon, Moko tentou tratar pela fermentação grãos de trinca e de algaroba. Depois de serem previamente esmagados num gral, por meio de pesado pilão de madeira, os grãos forneceram líquido alcoólico, cujo sabor foi suficiente para adoçar as bebidas quentes na falta do açúcar de bordo. Quanto às folhas colhidas da árvore do chá, verificou-se que podiam quase se comparar à perfumada planta chinesa. Durante suas excursões pela floresta, os exploradores não deixaram jamais de fazer colheita abundante.

Em resumo, a ilha dava a seus habitantes, senão o supérfluo, pelo menos o necessário. Só faltavam legumes frescos. Tiveram que se contentar com legumes de conserva, de que havia uma centena de latas economizadas ao máximo por Gordon. Briant tentara cultivar os tais inhames em estado selvagem, dos quais o náufrago plantara alguns pés junto da falésia. Vã tentativa. Por felicidade, como não foi esquecido, o aipo

13

crescia com abundância à beira do lago da Família e, como não era preciso economizá-lo, substituía os legumes frescos.

As redes, armadas durante o inverno sobre a margem esquerda do rio, foram transformadas em redes de caça na volta da primavera. Nelas caíram, entre outras aves, perdizes de pequeno porte e gansos selvagens que vinham, sem dúvida, das terras situadas ao largo da ilha.

Doniphan, por seu lado, gostaria bem de explorar a vasta região do brejo do Sul, do outro lado do rio Zelândia. Mas seria perigoso aventurar-se através do pântano que entrava em grande parte pelas águas do lago.

Wilcox e Webb capturaram igualmente certo número de cutias, grandes como lebres, cuja carne branca e um pouco seca fica a meio caminho entre a do coelho e a do porco. Certamente seria difícil correr atrás desses roedores, mesmo com o auxílio de Fido. Todavia, quando se encontravam nas tocas, bastava assobiar ligeiramente para atraí-los ao orifício e pegá-los. Por várias vezes, ainda, os jovens caçadores trouxeram cangambás, glutões cinzentos e zorrilhos, mais ou menos semelhantes às martas, com lindo pêlo negro rajado de branco, mas que exalam emanações fétidas.

— Como é que podem suportar tal cheiro? — perguntou um dia Iverson.

— Ora!... É uma questão de hábito! — respondeu Service.

Se o rio fornecia seu contingente de percas, o lago da Família, povoado de espécies maiores, dava, entre outras, belas trutas que, apesar do cozimento, conservavam gosto bem saboroso. Havia sempre, é verdade, o recurso de ir pescar entre as algas e os sargaços da baía de Sloughi. E quando chegasse o momento em que os salmões tentassem subir o curso do rio Zelândia, Moko viria a fazer as necessárias provisões.

Foi nesta época que, a pedido de Gordon, Baxter ocupou-se em fabricar arcos, com ramos elásticos de freire, e flechas de vime, armadas com prego na ponta, o que permitiu a Wilcox e Cross — os mais hábeis depois de Doniphan — abaterem de tempos em tempos alguma caça miúda. Gordon mostrava sempre oposição ao gasto de munições. Mas um acontecimento o fez pôr de lado sua parcimônia habitual.

Um dia — sete de dezembro — Doniphan, chamando-o à parte, disse:

— Gordon, estamos infestados de chacais e de raposas! Vêm em bandos durante a noite e destroem nossos laços e a caça. É preciso terminar com isso, de uma vez.

— Não se podem armar alçapões? — indagou Gordon, vendo onde seu colega queria chegar.

— Alçapões?... — respondeu Doniphan, que nada havia perdido de seu desdém por esses vulgares engenhos de caça.

— Alçapões!... Ainda admitiria, se fossem apenas chacais, que são muito estúpidos. Quanto às raposas, é outra coisa! São muito astutas e desconfiadas, apesar de todas as precauções que Wilcox toma! Numa dessas noites, nosso cercado pode ser devastado e não ficará uma só ave no galinheiro!...

— Bem, já que é necessário — aquiesceu Gordon, — concedo algumas dúzias de cartuchos. Mas, faça o possível para não desperdiçar nem um!...

— Ora! Pode contar com isso! Na próxima noite armaremos uma emboscada e faremos tal massacre que não serão mais vistos por muito tempo!

A destruição era urgente. As raposas da região, as da América do Sul, particularmente, são, parece, ainda mais astutas do que suas congêneres da Europa. De fato, nas proximidades das fazendas, fazem constantes devastações, tendo inteligência bastante para cortar as rédeas de couro que prendem os cavalos ou o gado em seus pastos.

Ao cair da noite, Doniphan, Briant, Wilcox, Baxter, Webb, Cross e Service foram postar-se nas vizinhanças de largos espaços de terra semeados de arbustos e espinheiros.

Fido não tinha sido convidado a juntar-se aos caçadores. Ele os teria atrapalhado, dando o alarme. Além do mais, não se trata-

15

va de procurar pista. Mesmo quando quentes da corrida, as raposas não deixam cheiro atrás de si, ou, pelo menos, as emanações são tão leves que os melhores cães não as podem reconhecer.

Eram onze horas, quando Doniphan e seus companheiros se puseram à espreita entre moitas de urzes selvagens. A noite estava escuríssima. Silêncio profundo, que não era perturbado pelo mais leve sopro da brisa, permitiria ouvir as raposas deslizando sobre as ervas secas. Pouco depois da meia-noite, Doniphan assinalou a aproximação de um bando que vinha beber no lago.

Os caçadores esperaram que se reunissem, o que levou certo tempo, pois não avançavam senão com muita cautela, como se pressentissem algum obstáculo. Súbito, ao sinal de Doniphan, vários tiros ecoaram. Todos atingiram seus alvos. Cinco ou seis raposas rolaram sobre o solo, enquanto outras, desvairadas, lançando-se para a direita e para a esquerda, foram, em grande parte, feridas mortalmente. O massacre continuou durante três noites consecutivas e a pequena colônia ficou em breve livre daquelas visitas perigosas, que punham em perigo os hóspedes do galpão. Isso também lhes valeu cinqüenta lindas peles cinza-prateadas que, tanto para tapetes, como para roupas, acrescentaram conforto à Gruta Francesa.

A quinze de dezembro, houve grande expedição à baía de Sloughi. Estando o tempo magnífico, Gordon decidiu que todos tomariam parte nela, o que os mais jovens acolheram com grandes manifestações de alegria.

Muito provavelmente, partindo ao nascer do dia, a volta poderia ser feita antes da noite. Se houvesse algum atraso, estariam preparados para acampar sob o arvoredo. Tinham por principal objetivo caçar as focas que freqüentavam o litoral da costa da Tempestade na época dos frios. Com efeito, os meios de iluminação largamente usados durante as noites daquele longo inverno estavam a ponto de faltar. Da provisão de velas fabricadas pelo náufrago francês, não restavam mais do que duas ou três dúzias. O óleo contido nos barris do *Sloughi*, que servia à alimentação das lanternas do salão, já tinha sido gasto em maior parte e isso preo-

Os caçadores esperaram que se reunissem.

cupava seriamente o presidente Gordon. Moko pudera pôr de reserva notável quantidade de graxas que lhe fornecia a caça. Mas era mais do que certo que elas se esgotariam rapidamente pelo consumo cotidiano. Ora, não seria possível substituí-las por substâncias que a natureza fornecesse? Na falta de óleo vegetal, a pequena colônia não poderia garantir-se com estoque por assim dizer infindável de óleos animais? Seria possível se os caçadores conseguissem matar certo número daquelas focas que vinham pular sobre o banco de recifes da baía de Sloughi, durante a estação estival. Era preciso andar depressa, pois tais anfíbios não tardariam a procurar águas mais meridionais pelas paragens do oceano Antártico. Assim, a expedição projetada tinha grande importância e os preparativos foram feitos de modo que pudesse dar bons resultados.

Havia algum tempo, Service e Garnett tinham-se aplicado com sucesso a arrear dois guanacos como animais de carga. Baxter havia fabricado arreios forrados com lona de vela e, se não era ainda possível montá-los, pelo menos podiam ser atrelados à carroça. Naquele dia, o veículo foi carregado de munições, provisões e diversos utensílios, entre outros grande bacia e meia dúzia de barris vazios, que voltariam cheios de óleo de foca. Sem dúvida, seria melhor retalhar a caça no local.

A partida efetuou-se ao nascer do dia e a caminhada fez-se sem dificuldade durante as duas primeiras horas. Se a carroça não ia muito depressa era porque o solo desigual da margem direita do rio Zelândia não se prestava senão muito imperfeitamente à tração dos guanacos. Tornou-se ainda mais difícil, quando o pequeno grupo contornou o bosque do Brejo por entre as árvores da floresta. As perninhas de Dole e de Costar não agüentaram. Assim, Gordon, a pedido de Briant, autorizou-os a tomar lugar na carroça a fim de repousar, enquanto continuavam a caminhada.

Cerca de oito horas, enquanto o carro margeava penosamente os limites do brejo, os gritos de Cross e Webb, que caminhavam um pouco à frente, fizeram acorrer Doniphan, primeiro, e os outros, a seguir. No meio da lama do bosque do Brejo espojava-se enorme animal que o jovem caçador reconheceu logo. Era um hipopótamo gordo e rosado, o qual felizmente para ele — desapareceu sob as espessas folhagens do pântano, antes que fosse possível ser visado. Para que, afinal, tiro inútil?

— Que bicho gordo é aquele? — perguntou Dole, bastante inquieto por vê-lo apenas de longe.

— Hipopótamo — explicou Gordon.

— Hipopótamo!... Que nome engraçado!

— É como quem diz: cavalo do rio — ensinou Briant.

— Mas não se parece com cavalo! —observou muito a propósito Costar.

— Não — interrompeu Service. — Acho que devia chamar-se porcopótamo!

Era um pouco mais de dez horas da manhã, quando Gordon desembocou sobre a areia da baía de Sloughi. Pararam perto da margem do rio, no local onde fora instalado o primeiro acampamento durante a demolição do iate. Uma centena de focas pulavam entre as rochas ou aquecendo-se ao sol. Havia algumas que brincavam sobre a areia, aquém do cordão de recifes. Deviam estar pouco familiarizadas com a presença de homens. Talvez, mesmo, nem tinham jamais visto ser humano, pois a morte do náufrago francês remontava a mais de vinte anos. Foi por isso que os mais velhos do bando não se tinham posto de sentinela. Entretanto, era preciso cuidado para não amedrontá-las prematuramente, pois, em rápidos instantes, abandonariam o local.

Em primeiro lugar, logo que chegaram à baía de Sloughi, os jovens colonos dirigiram seus olhares para aquele horizonte, tão largamente recortado entre o cabo Americano e a Ponta do Falso Mar. O mar estava absolutamente deserto. Verificava-se mais uma vez que aquelas paragens estavam situadas fora das rotas marítimas. Podia acontecer, entretanto, que algum navio passasse à vista da ilha. Neste caso, um posto de observação estabelecido sobre a crista da Colina Auckland, ou mesmo no cume do promontório da Ponta do Falso Mar, valeria mais do que o mastro de sinais, para atrair a atenção. Mas isto significava manutenção de guarda noite e dia no posto e, por conseguinte, longe da Gruta Francesa. Gordon considerou, portanto, inexeqüível. Briant, a quem a questão do repatriamento preocupava constantemente, teve que convir. Era de lamentar que a Gruta Francesa não fosse situada naquele lado da colina Auckland, olhando para a baía de Sloughi.

Depois de rápido almoço, na ocasião em que o sol do meio-dia convidava as focas a aquecerem-se sobre a areia, Gordon, Briant, Doniphan, Cross, Baxter, Webb, Wilcox, Garnett e Service prepararam-se para a caça. Durante tal operação, Iverson, Jenkins, Jacques, Dole e Costar deviam ficar no acampamento sob a guarda de Moko, bem assim como Fido, o qual não se podia deixar no meio dos anfíbios. Tinham, ademais, que velar pelos dois guanacos que se puseram a pastar sob as primeiras árvores da floresta.

Todas as armas de fogo da colônia, fuzis e revólveres, tinham sido trazidas com munições em grande quantidade, que Gordon não havia regateado desta vez, pois se tratava de interesse geral.

Cortar a retirada das focas para o mar deveria ser a primeira providência. Doniphan, a quem seus companheiros concederam o privilégio de dirigir a manobra, fez com que descessem o rio até a sua embocadura, dissimulando-se ao abrigo da margem. Depois, seria fácil deslizarem ao longo dos recifes de modo a cercar a praia. O plano foi executado com muita prudência. Os jovens caçadores, separados uns dos outros por trinta a quarenta passos, formaram um semicírculo entre a areia e o mar. Então, a um sinal que foi dado por Doniphan, todos se levantaram ao mesmo tempo, as detonações ecoaram simultaneamente e cada tiro fez uma vítima. As focas que não foram atingidas ergueram-se agitando

O plano foi executado com muita prudência.

a cauda e as barbatanas. Assustadas, sobretudo, pelo barulho das detonações, precipitaram-se, pulando, na direção dos recifes. Mas foram perseguidas a tiros de revólver. Doniphan, todo entregue a seus instintos, fazia maravilhas, enquanto que seus camaradas o imitavam o melhor possível. O massacre durou apenas alguns minutos, se bem que os anfíbios fossem acuados até as últimas rochas escarpadas.

A expedição tivera pleno êxito e os caçadores, voltando ao acampamento, instalaram-se sob as árvores de modo a poder ali passar trinta e seis horas. A tarde foi ocupada por trabalho que não deixava de ser bastante repugnante. Gordon tomou parte nele e, como aquilo era tarefa indispensável, todos se puseram ao trabalho resolutamente. Foi preciso primeiro transportar para a areia as focas que tinham caído entre os recifes. Se bem que não fossem de grande porte, foi preciso certo esforço. Moko havia posto a bacia em cima de uma fogueira acesa entre duas pedras. Os pedaços das focas, esquartejadas em postas de dois a três quilos, foram depositados na bacia que fora antes cheia de água doce, retirada do rio na maré baixa. Alguns instantes bastaram para que a fervura extraísse óleo claro que sobrenadava à superfície e do qual os tonéis foram cheios.

O trabalho tornava o local verdadeiramente insuportável pelo cheiro que se desprendia. Cada um tapava o nariz mas não os ouvidos — o que permitia ouvir as brincadeiras provocadas pela operação desagradável. O delicado "Lorde Doniphan" não fez cara feia ao trabalho, que foi recomeçado no dia seguinte. Moko tinha recolhido várias centenas de galões de óleo. Pareceu suficiente ficar por ali, pois a iluminação da Gruta Francesa estava garantida por toda a duração do próximo inverno. Aliás, as focas não tinham voltado aos recifes nem à areia e, certamente, não freqüentariam mais o litoral da baía de Sloughi, antes que o tempo tivesse acalmado o seu terror.

No dia seguinte, o acampamento foi levantado pela madrugada, com satisfação geral. Na véspera, à tarde, a carroça fora carregada com os barris, as ferramentas e os utensílios.

Como devia estar mais pesada na volta, os guanacos não a poderiam arrastar tão depressa, pois o solo subia sensivelmente na direção do lago da Família.

No momento da partida, o ar estava cheio de gritos ensurdecedores de mil aves de rapina, urubus e falcões, que, vindos do interior da ilha, se atiraram aos restos das focas, cujos vestígios desapareceriam em breve.

Depois de última saudação enviada à bandeira do Reino Unido, que flutuava sobre a crista da colina Auckland, depois de último olhar lançado para o horizonte do Pacífico, o pequeno grupo pôs-se em marcha, subindo a margem direita do Zelândia. A volta não foi assinalada por nenhum incidente. Apesar das dificuldades do caminho, os guanacos fizeram tão bem seu trabalho, os rapazes os ajudaram tão a propósito nas passagens difíceis, que todos estavam de regresso à Gruta Francesa antes das seis horas da tarde.

O dia seguinte e os subseqüentes foram consagrados aos trabalhos habituais. Fez-se experiência com o óleo de foca nas lâmpadas das lanternas e observou-se que a luz, embora de qualidade bastante medíocre, bastaria à iluminação do salão e do armazém. Não havia, portanto, mais receio de escuridão durante os longos meses de inverno.

Entretanto, o Natal, tão alegremente festejado pelos anglo-saxões, aproximava-se. Gordon quis que ele fosse celebrado com certa solenidade. Seria homenagem endereçada ao país perdido, como se fossem ligar-se aos corações das famílias ausentes!

Se todos os meninos pudessem fazer-se ouvir, como teriam gritado: "Nós estamos aqui todos... Vivos... Bem vivos... Vocês voltarão a nos ver!... Deus nos fará voltar para vocês!"

Gordon anunciou que de vinte e cinco a vinte e seis de dezembro seria feriado na Gruta Francesa. Os trabalhos seriam suspensos durante os dois dias. O primeiro Natal sobre a ilha Chairman seria o que em diversos países da Europa é o primeiro dia do ano. Todos concordaram. Resolveram ainda que, no dia vinte e cinco de dezembro, haveria uma grande festa, para a qual Moko prometia maravilhas.

Assim, Service e ele não cessavam de conferenciar misteriosamente a respeito, enquanto Dole e Costar, com gulodice antecipada, procuravam surpreender o segredo de suas deliberações. A despensa estava bem abastecida para fornecer os elementos de refeição solene.

O grande dia chegou. Por cima da porta do salão, no lado externo, Baxter e Wilcox dispuseram artisticamente a série de flâmulas, estandartes e pavilhões do *Sloughi*, o que dava ar festivo à Gruta Francesa. Logo de manhã, um tiro de canhão acordou ruidosamente os alegres ecos da colina Auckland. Era uma das duas peças assestadas através dos vãos do salão, que Doniphan acabava de fazer ressoar em homenagem ao Natal. As crianças vieram logo dar aos rapazes seus votos de feliz Ano Novo, que lhes foram paternalmente retribuídos. Houve pequeno discurso feito por Costar, em honra ao chefe da ilha Chairman e do qual não se saiu muito mal.

Cada um vestiu-se com suas melhores roupas para a circunstância. O tempo estava magnífico e houve, antes e depois do almoço, passeio ao longo do lago, diversos jogos no Terraço dos Esportes, nos quais todos quiseram tomar parte. De bordo do iate haviam sido retirados todos os engenhos especiais tão em uso na Inglaterra: esferas, bolas e tacos e raquetes para esporte.

O dia foi cheio. As crianças, sobretudo, entregaram-se a plena alegria. Tudo se passou bem. Não houve discussões nem brigas. Briant dedicou-se particularmente a distrair Dole, Costar, Iverson e Jenkins — sem ter conseguido que seu irmão Jacques se juntasse a eles, — enquanto que Doniphan e seus companheiros habituais, Webb, Cross e Wilcox, faziam grupo a parte, apesar das observações do prudente Gordon. Enfim, quando a hora do jantar foi anunciada por nova descarga de artilharia, os jovens convivas vieram alegremente tomar seu lugar no festim, servido no refeitório do armazém.

Sobre a grande mesa, coberta por bela toalha branca, uma árvore de Natal, plantada em largo vaso rodeado de verdura e

Moko tinha-se superado no cardápio.

de flores, ocupava o lugar central. Em seus galhos estavam suspensas pequenas bandeiras com as cores reunidas da Inglaterra, da América e da França. Moko tinha-se superado na confecção do cardápio e mostrou-se muito orgulhoso dos cumprimentos que lhe foram dirigidos assim como a Service, seu amável colaborador. Havia uma cutia recheada, um guisado de perdizes, uma lebre assada, recheada de plantas aromáticas, um peru selvagem com as asas levantadas e o bico no ar, um faisão de belo aspecto, três latas de legumes em conserva, um pudim — e que pudim! — disposto em forma de pirâmide, com as tradicionais passas de Corinto misturadas com as frutas de algaroba e que havia uma semana estavam de molho em banho de aguardente. Havia ainda clarete, xerez, licores, chá e café.

Briant fez um brinde cordial a Gordon, que lhe respondeu bebendo à saúde da pequena colônia e em homenagem às famílias ausentes. Finalmente — o que foi tocante — Costar levantou-se e, em nome dos mais jovens, agradeceu a Briant pelo devotamento para com eles do qual dera tantas provas. Briant não pôde esconder sua profunda emoção, quando os hurras ecoaram em sua honra — hurras que não encontraram eco no coração de Doniphan.

2

O SEGREDO DE JACQUES

O ito dias depois começava o ano de 1861 e, naquela parte do hemisfério austral, era em pleno verão que se iniciava o novo ano.

Havia perto de dez meses que os jovens náufragos do *Sloughi* haviam sido jogados sobre aquela ilha a mil e oitocentas léguas da Nova Zelândia!

Durante esse período, a alimentação tinha melhorado gradativamente. Parecia que dali por diante estavam asseguradas todas as necessidades da vida material. Mas era sempre o abandono numa terra desconhecida! Os socorros — os únicos que poderiam esperar — chegariam finalmente, antes do fim da estação estival? A colônia estaria condenada a sofrer os rigores de segundo inverno antártico? Até aqui, a doença não os havia atingido. Todos, crianças e rapazes, estavam com a melhor saúde possível. Graças à prudência de Gordon, que segurava as rédeas — o que às vezes provocava recriminações contra sua severidade, — nenhuma imprudência, nenhum excesso, tinha sido cometido. Entretanto era preciso contar com as infecções, às quais raramente escapam as crianças daquela idade, principalmente as mais jovens. Se o presente era aceitável, o futuro estava sempre cheio de inquietações. A qualquer preço — era no que Briant pensava sem cessar — queria deixar a ilha Chairman! Ora, com a única embarcação que possuíam, com aquela frágil canoa, como se aventurarem a empreender travessia que poderia ser longa, se a ilha não pertencesse a um dos grupos do Pacífico ou se o conti-

27

nente mais próximo se encontrasse a centenas de milhas? Mesmo que dois ou três dos mais afoitos se arrojassem a ir procurar terra no leste, teriam grandes probabilidades de não atingi-la! Quanto a construírem navio bastante grande para atravessar o Pacífico, Briant sabia que estava acima de suas forças. Só restava esperar, esperar ainda e trabalhar para tornar mais confortável a instalação da Gruta Francesa. Depois, senão neste verão, porque o trabalho era urgente para a provisão da estação hibernal, pelo menos no verão próximo, os jovens colonos acabariam por reconhecer inteiramente a ilha. Trabalharam então resolutamente. A experiência tinha demonstrado o que eram os rigores do inverno daquela latitude. Durante semanas, durante meses, o mau tempo obrigava-os a ficar confinados no salão e era prudente previnirem-se contra o frio e a fome, os dois mais terríveis inimigos.

Combater o frio na Gruta Francesa era apenas uma questão de combustível e o outono, por curto que fosse, não terminaria sem que Gordon fizesse grande reserva de lenha para alimentar as estufas noite e dia. Mas não se tinha também que pensar nos animais domésticos encerrados no galpão e no galinheiro? Abrigá-los no armazém seria muito incômodo e mesmo imprudência sob o ponto de vista higiênico. Portanto, havia necessidade de tornar mais confortável o galpão e o cercado, defendê-los contra as baixas temperaturas, aquecê-los, instalando ali fornalha que pudesse manter sempre o ar interior em grau suportável. Foi no que se aplicaram Baxter, Briant, Service e Moko durante o primeiro mês do ano novo.

Quanto à questão não menos grave da alimentação para todo o período hibernal, Doniphan e seus companheiros de caça encarregaram-se de resolvê-la. Todos os dias visitavam as armadilhas, os alçapões, os laços. O que não servia para a consumação cotidiana ia engrossar as reservas da despensa sob a forma de carnes salgadas ou defumadas, que Moko preparava com seu cuidado habitual. Assim foi assegurada a nutrição, por mais longo e rigoroso que pudesse ser o inverno. Entretanto, uma exploração se impunha, com o fim de conhecer, não todos os territórios desconhecidos da ilha Chairman, mas, ao menos, a parte compreendida ao leste do lago da Família. Poderia ter florestas, pântanos ou dunas e oferecer novos recursos que pudessem ser utilizados. Um dia Briant conferenciou com Gordon sobre este assunto, olhando-o, aliás, por outro aspecto.

— Se bem que o mapa do náufrago Baudoin esteja feito com certa exatidão — disse ele, — seria interessante conhecer o leste. Temos à nossa disposição excelentes binóculos que meu compatriota não possuía e quem sabe se não perceberíamos terras que não pôde ver? Seu mapa apresenta a ilha Chairman como isolada nestas paragens, mas talvez não o seja!

— Continua sempre com a mesma idéia — respondeu Gordon — e está aflito por partir!

— Sim, Gordon. No fundo, estou certo que pensa como eu! Todos os nossos esforços não devem tender para que possamos repatriar-nos o mais depressa possível?

— Seja — concordou Gordon, — e já que insiste, organizaremos a expedição...

— Na qual todos tomaremos parte? — inquiriu Briant.

— Não. Parece-me que seis ou sete de nossos companheiros.

— Seria ainda demais, Gordon! Sendo tantos, não poderíamos fazê-la senão contornando o lago, ou pelo norte ou pelo sul. E isso exigiria muito tempo e demasiada fadiga.

— O que propõe, então, Briant?

— Proponho atravessar o lago na canoa, partindo da Gruta Francesa, a fim de atingir a margem oposta e para isso iremos dois ou três.

— E quem conduziria a canoa?

— Moko — sugeriu Briant. — Ele conhece a manobra, e eu também entendo um pouco. Com a vela, se o vento for bom, com dois remos, se estiver ao contrário, faremos facilmente

29

as cinco ou seis milhas que o lago mede na direção daquele curso de água que, de acordo com o mapa, atravessa as florestas do leste. E por ele desceríamos até sua embocadura.

— Combinado, Briant — concordou Gordon, — aprovo sua idéia! E quem acompanhará Moko?

— Eu, Gordon, já que não fiz parte da expedição ao norte do lago. É a minha vez de tornar-me útil... e eu reclamo...

— Útil?! — exclamou Gordon. — Já não nos tem prestado tantos serviços, meu caro Briant?! Foi mais devotado do que todos os outros.

— Ora, Gordon! Só estamos cumprindo nosso dever! Então, está combinado?

— Combinado, Briant. Quem irá como seu terceiro companheiro de viagem? Não proponho Doniphan porque vocês não se dão muito...

— Oh! Eu o aceitaria de bom grado! Doniphan não tem coração maldoso, é hábil e, se não fosse tão ciumento, seria excelente camarada. Pouco a pouco se modificará, quando compreender que não procuro mandar em ninguém, e nos tornaremos, estou certo, os melhores amigos do mundo. Mas pensei noutro companheiro de viagem.

— Quem?...

— Meu irmão Jacques — respondeu Briant. — Seu estado me inquieta cada vez mais. Evidentemente, há qualquer coisa de grave em que se sente culpado e que não quer dizer. Talvez durante a excursão, encontrando-se a sós comigo...

— Tem razão, Briant. Leve Jacques e desde já comece os preparativos para a partida.

— Será rápido, pois nossa ausência não durará mais do que dois ou três dias.

No mesmo dia, Gordon participou a expedição projetada. Doniphan mostrou-se muito despeitado de não participar dela e, como se queixasse a Gordon, este o fez compreender que, nas condições em que ela se faria, não exigia mais do que três pessoas e que, sendo a idéia de Briant, a ele pertencia pô-la em execução.

— Enfim — respondeu Doniphan, — tudo é para ele, não é, Gordon?

— É injusto, Doniphan, injusto para com Briant e injusto também para comigo!

Doniphan não insistiu mais e foi para junto de seus amigos Wilcox, Cross e Webb, perto dos quais, inteiramente à vontade, pôde expandir seu mau-humor.

Quando o grumete soube que ia momentaneamente trocar suas funções de cozinheiro pelas de patrão da canoa, não escondeu seu contentamento. A idéia de partir com Briant redobrava-lhe ainda o prazer. Quanto a seu substituto no fogão do armazém, seria naturalmente Service, que se regozijou com a idéia de poder cozinhar de acordo com sua fantasia, sem ser assistido por quem quer que fosse. No que diz respeito a Jacques, pareceu gostar da idéia de acompanhar seu irmão e deixar a Gruta Francesa durante alguns dias.

A canoa foi logo preparada. Estava aparelhada com pequena vela latina, que Moko prendeu e enrolou ao longo do mastro. Dois fuzis, três revólveres, munições em quantidade suficiente, três mantas de viagem, provisões líquidas e sólidas, capas impermeáveis para o caso de chuva, dois remos com um par de reserva, tal era o material necessário, sem esquecer a cópia que fora feita do mapa do náufrago e à qual novos nomes seriam acrescentados à medida das descobertas.

No dia quatro de fevereiro, cerca de oito horas da manhã, depois de despedirem-se de seus colegas, Briant, Jacques e Moko embarcaram no dique do rio Zelândia. Fazia tempo magnífico e soprava ligeira brisa do sudoeste. A vela foi içada e Moko, colocado na popa, pegou a barra, deixando a Briant o cuidado de vigiar. Embora a superfície do lago estivesse apenas encrespada por sopros intermitentes, a canoa sentiu mais vivamente

31

o efeito da brisa, quando se encontrou ao largo. Sua velocidade acelerou-se. Meia hora mais tarde, Gordon e os outros, em observação na margem do Terraço dos Esportes, não percebiam mais do que ponto negro que desaparecia.

Estando Moko à popa e Briant no meio, Jacques fora se colocar à proa, junto do mastro. Durante uma hora as altas cristas da colina Auckland estiveram à vista. Depois, desapareceram no horizonte. Todavia, a margem oposta do lago não aparecia ainda, se bem que não pudesse estar longe. Infelizmente, como acontece habitualmente quando o sol está em plena força, o vento mostrou tendência a abrandar e, perto do meio-dia, manifestava-se apenas por raros sopros caprichosos.

— É desagradável — disse Briant — que a brisa não se mantenha o dia inteiro!

— Seria muito mais desagradável, senhor Briant — contestou Moko, — se ela tivesse virado ao contrário!

— Você é um filósofo, Moko!

— Eu não sei o que o senhor entende por essa palavra — respondeu Moko. — Para mim, aconteça o que acontecer, não me queixo nunca.

— Pois bem, isso é precisamente a filosofia!

— Seja então filosofia e vamos pegar os remos, senhor Briant. Tomara que alcancemos a outra margem antes de ser noite. Sobretudo, se não o conseguirmos, nada nos resta a fazer senão resignarmo-nos.

— Tem razão, Moko, você pega um remo e eu pego o outro, enquanto Jacques vai colocar-se na barra.

— Isso mesmo — disse o grumete. Se o senhor Jacques governar bem, faremos boa viagem.

— Vai ensinar-me como se manobra, Moko — disse então Jacques, — e seguirei o melhor possível suas indicações.

Moko desceu a vela que não batia mais, pois o vento havia parado totalmente. Os três meninos comeram um pouco. Depois, o grumete colocou-se à proa, enquanto Jacques se senta-

Briant, Jacques e Moko embarcaram.

va à popa e Briant ficava no meio. A canoa, vigorosamente puxada, dirigia-se obliquamente na direção do nordeste, de acordo com a bússola. Encontrava-se então no centro daquela vasta extensão de água como se estivesse em pleno mar, estando a superfície do lago circunscrita por linha periférica do céu. Jacques olhava atentamente na direção do leste para ver se a costa aparecia no lado oposto à Gruta Francesa.

Às três horas, aproximadamente, o grumete, tendo tomado o binóculo, pôde afirmar que reconhecia indícios de terra. Um pouco mais tarde, Briant verificou que Moko não tinha errado. Às quatro horas, as copas das árvores mostravam-se acima da margem bastante baixa, o que explicava por que, do alto da Ponta do Falso Mar, Briant não a pudera perceber. Assim a ilha Chairman não continha outras elevações a não ser a colina Auckland, que a acidentava entre a baía de Sloughi e o lago da Família.

Mais duas milhas e meia ou três e a margem oriental seria alcançada. Briant e Moko manejavam seus remos com ardor e fadiga, pois o calor era forte. A superfície do lago era lisa como espelho. Suas águas claras deixavam ver a quatro ou cinco metros de profundidade o fundo eriçado de ervas aquáticas, entre as quais deslizavam miríades de peixes.

Finalmente, cerca de seis horas da tarde, a canoa veio encostar junto à margem, acima da qual pendia espessa ramagem de azinheiras e pinheiros marítimos. Esta margem, bastante elevada, quase não se prestava a um desembarque e foi preciso segui-la, subindo em direção ao norte.

— Está ali o rio que mostra o mapa — disse então Briant.

Apontava abertura da margem, pela qual se escoavam em cheio as águas do lago.

— Bem, creio que não nos podemos dispensar de dar-lhe um nome — respondeu o grumete.

— Tem razão, Moko. Vamos chamá-lo de rio do Leste, já que corre no oriente da ilha.

— Perfeito — disse Moko, — e agora só nos resta entrar pelo rio do Leste e descê-lo até a sua embocadura.

34

Perto das seis da tarde, a canoa veio encostar à margem.

— É isto o que faremos amanhã, Moko. Mais vale passar a noite neste lugar. Depois, quando despontar o dia, deixaremos a canoa derivar, o que nos permitirá reconhecer a região dos dois lados do rio.

— Desembarcaremos? — perguntou Jacques.

— Sem dúvida — respondeu Briant, — e acamparemos ao abrigo das árvores.

Briant, Moko e Jacques saltaram na borda, que formava o fundo de uma enseada. Depois que a canoa foi solidamente amarrada a um tronco, retiraram as armas e as munições. Um fogo de madeira seca foi aceso junto a grande carvalho. Cearam torradas e carne fria, estenderam as mantas sobre o solo e dormiram serenamente. Para qualquer eventualidade, as armas estavam carregadas. Mas, se alguns rugidos se fizeram ouvir depois do crepúsculo, a noite terminou sem qualquer alerta.

— Vamos, a caminho! — exclamou Briant, que foi o primeiro a acordar às seis horas da manhã.

Em poucos minutos, todos três retomaram seus lugares na canoa e deixaram-na deslizar pela corrente do rio. Era bastante forte — a maré descia já havia uma hora — e não era necessário recorrer aos remos. Assim, Briant e Jacques sentaram-se à proa da canoa, enquanto Moko, instalado à popa, servia-se de um dos remos como de leme, a fim de manter a leve embarcação no fio das águas.

— É provável — disse ele — que uma só maré nos baste para levar-nos até o mar, se o rio do Leste não tiver senão dez a doze quilômetros, pois sua corrente é mais rápida do que a do rio Zelândia.

— Tomara! — respondeu Briant. — Para o regresso, penso que teremos necessidade de duas ou três marés...

— De fato, senhor Briant, se o senhor quer, voltaremos sem delongas...

— Sim, Moko, logo que tivermos visto se existe ou não alguma terra nas paragens a leste da ilha Chairman.

36

A canoa corria com velocidade que Moko calculava em mais de dois quilômetros por hora. Além disso, o rio do Leste seguia direção quase retilínea, que foi levantada entre o leste e o nordeste pela bússola. Seu leito tinha as bordas mais escarpadas do que o do rio Zelândia e também menos largura, o que explicava a velocidade do seu curso. Todo o receio de Briant era que houvesse cascatas e redemoinhos e não fosse navegável até a costa. Em todo caso, havia tempo de se prevenirem, se surgisse algum obstáculo.

Estava-se em plena floresta, no meio de vegetação bem cerrada. Ali se encontravam, mais ou menos, as mesmas espécies existentes no bosque das Armadilhas, com a diferença de que as azinheiras, os sobreiros, os pinheiros e os abetos dominavam.

Entre outras — se bem que fosse menos familiarizado com as coisas da botânica do que Gordon, — Briant reconheceu uma árvore, da qual se encontram numerosos exemplares na Nova Zelândia. Sua ramagem abria-se em guarda-sol a vinte metros do chão. Tinha frutos cônicos de seis ou oito centímetros de comprimento, pontudos na extremidade e revestidos de uma espécie de escama brilhante.

— Deve ser pinhão! — exclamou Briant.

— Se o senhor não está enganado, senhor Briant — disse Moko, — é bom pararmos uns instantes. Vale a pena.

Com um impulso do remo, a canoa foi dirigida para a margem esquerda. Briant e Jacques subiram à borda. Alguns minutos mais e trouxeram grande colheita daqueles pinhões, que contêm amêndoa de forma oval, envolta em ligeira película, perfumada como avelã. Achado precioso para os gulosos da pequena colônia, mas também — o que Gordon lhes ensinou no regresso — porque tais frutos produzem óleo excelente.

Briant viu passar por entre o mato um bando espantado de emas e de vicunhas e dois guanacos que corriam com velocidade maravilhosa. Havia ainda muitas aves, mas Briant absteve-se de gastar inutilmente sua pólvora, pois a canoa trazia provisões em quantidade suficiente.

Cerca de onze horas, o espesso maciço de árvores tendia a rarear. Algumas clareiras arejavam a parte baixa do arvoredo. Ao mesmo tempo, a brisa impregnava-se de odor que indicava a proximidade do mar. Alguns minutos mais tarde, uma linha azulada apareceu no horizonte.

A corrente arrastava sempre a canoa, agora menos rapidamente. Chegando perto dos rochedos que se erguiam sobre o litoral, Moko conduziu a canoa para a margem esquerda. Depois fixou o barco na areia, enquanto Briant e seu irmão desembarcavam por sua vez.

Era muito diferente o aspecto daquela costa. Abria-se baía profunda e precisamente na altura da de Sloughi. Mas, em lugar de larga praia de areia, contornada por cordão de recifes e limitada pela falésia que se erguia no plano anterior da costa da Tempestade, via-se amontoado de rochas no meio das quais se poderiam encontrar vinte grutas em vez de uma.

Aquele lado era mais habitável e, se a escuna ali tivesse encalhado e se fosse possível tê-la posto de novo a navegar, poderia ficar abrigada na embocadura do rio do Leste, em pequeno porto natural, onde a água não faltava mesmo na maré baixa. Logo ao chegar, Briant estendeu seu olhar para o largo até ao estremo do horizonte da vasta baía. Estava deserta — como sempre. Nenhum navio à vista, mesmo no seu perímetro, nitidamente recortado sobre o fundo do céu! Moko, habituado a reconhecer os vagos contornos das alturas longínquas que se confundem muitas vezes com as nuvens do largo, nada descobriu com o binóculo. A ilha Chairman parecia ser tão isolada ali quanto no lado oeste.

Dizer que Briant ficou desapontado seria exagerar. Ele o esperava. Mas achou natural dar àquela reentrância da costa a denominação de baía da Decepção.

— Vamos — disse ele, — não é ainda deste lado que podemos tomar o caminho de volta!

— Oh! Senhor Briant — respondeu Moko. — Iremos quer seja por um caminho ou por outro! Enquanto se espera, creio que faríamos bem em almoçar...

38

— Seja — concordou Briant, — e vamos fazer bem depressa. A que horas a canoa poderá subir o rio do Leste?

— Se quisermos aproveitar a maré, é preciso embarcar já.

— É impossível, Moko! Quero observar o horizonte em condições mais favoráveis e do alto de alguma rocha que domine a praia.

— Então, senhor Briant, seremos forçados a esperar a próxima maré, que só se fará sentir no rio Leste às dez horas da noite.

— Será que não é perigoso navegar durante a noite? — perguntou Briant.

— Não há perigo — respondeu Moko, — pois teremos lua cheia. O curso do rio é tão reto que bastará governá-lo com o remo na popa enquanto durar o fluxo. Depois, quando a corrente descer, tentaremos subi-lo a remos, ou, se for forte demais, pararemos até voltar a ser dia.

— Bem, Moko, está combinado. E já que temos doze horas à nossa frente, aproveitemos para completar nossa exploração.

Depois do almoço e até a hora do jantar, o tempo todo foi empregado em visitar aquele lado da costa, abrigado por maciços de árvores que avançavam até junto da rocha. Quanto à caça, parecia ser tão abundante quanto nas proximidades da Gruta Francesa e Briant permitiu-se abater algumas perdizes para a refeição da tarde.

O aspecto característico daquele litoral era o amontoado dos blocos de granito. Desordem verdadeiramente grandiosa a daquele acúmulo de rochas gigantescas, cuja disposição irregular não é devida à mão do homem. Ali se abriam escavações profundas e teria sido fácil fazer alojamentos entre aquelas paredes. Nem os salões nem os armazéns teriam faltado para as necessidades da pequena colônia. Num espaço apenas de um quilômetro, Briant encontrou mais de dez cavernas confortáveis.

Cerca de duas horas, quando o sol já tinha ultrapassado o ponto alto do seu curso, o momento pareceu favorável para proceder à rigorosa observação do mar, ao largo da ilha.

Briant, Jacques e Moko tentaram então escalar um maciço rochoso que parecia enorme urso. Tal maciço elevava-se a mais de trinta metros acima do pequeno porto e não foi sem dificuldade que atingiram o seu cume.

Dali, o olhar dominou a floresta, que se estendia para o oeste até ao lago da Família e cuja superfície era escondida por vasta cortina de verdura. Ao sul, a região parecia ondulada de dunas amareladas e interrompida por alguns negros pinheirais, como nas áridas campinas dos países setentrionais. Ao norte, o contorno da baía terminava por ponta baixa, limitando planície arenosa e imensa, situada além. A ilha Chairman só era verdadeiramente fértil na sua parte central, onde as águas doces do lago derramavam-lhe a vida ao extravasar por ondas as margens de seus diversos rios.

Briant dirigiu o binóculo para o horizonte do leste, que se desenhava então com grande nitidez. Qualquer terra, situada num raio de quatro a cinco quilômetros, teria certamente aparecido através da objetiva do instrumento.

Nada naquela direção!... Nada a não ser o mar vasto, circunscrito pela linha ininterrupta do céu! Durante uma hora, Briant, Jacques e Moko não cessaram de observá-lo atentamente e já iam descer para a praia quando Moko deteve Briant.

— O que é aquilo?... — perguntou, estendendo a mão para o nordeste.

Briant assentou o binóculo na direção indicada. Um pouco acima do horizonte, mancha esbranquiçada brilhava. A vista poderia confundi-la com nuvens, se o céu não estivesse absolutamente limpo naquele momento. Depois de ter mantido longamente o binóculo no campo, Briant pôde afirmar que aquela mancha não se deslocava e que sua forma não se alterava de modo algum.

— Não sei o que aquilo possa ser — disse ele, — a menos que seja montanha! Mas, então, não teria aquela aparência!

Alguns instantes depois, quando o sol desceu mais para o oeste, a mancha desapareceu. Existiria ali alguma terra alta, ou a montanha

Desordem verdadeiramente grandiosa aquele acúmulo de rochas gigantescas.

esbranquiçada seria o reflexo luminoso das águas? Foi esta última hipótese que Jacques e Moko admitiram, se bem que Briant acreditasse dever continuar com certas dúvidas a respeito. Acabada a exploração, os três voltaram à embocadura do rio Leste, no pequeno porto, ao fundo do qual estava amarrada a canoa. Jacques apanhou lenha seca sob as árvores. Depois, acendeu fogo, enquanto Moko preparava seu assado de perdizes. Às sete horas aproximadamente, depois de terem comido com apetite, Jacques e Briant foram passear pela praia, esperando a hora da maré para partir. Moko, por seu lado, subiu a margem esquerda do rio, onde cresciam os pinhões, dos quais queria colher alguns frutos. Quando voltou à embocadura do rio do Leste, a noite começava a cair. Ao largo, se o mar se iluminava ainda com os últimos raios solares que se deslizavam pela superfície da ilha, o litoral estava já mergulhado em semi-obscuridade.

No momento em que Moko chegou à canoa, Briant e seu irmão não tinham ainda regressado. Como não podiam estar distantes, não havia motivo de inquietação. Mas eis que Moko foi surpreendido ao ouvir gemidos e ao mesmo tempo ruído de vozes. Não se enganava. A voz era de Briant. Os dois irmãos corriam então algum perigo? O grumete não hesitou em correr para a praia, depois de ter rodeado as últimas rochas que formavam o pequeno porto.

Súbito, o que viu impediu-o de aproximar-se. Jacques estava de joelhos à frente de Briant!... Parecia implorar, pedir condescendência!... O grumete quis retirar-se por discrição... Era demasiado tarde! Ouvira tudo e compreendera! Conhecia agora a falta que Jacques cometera e da qual acabava de acusar-se, perante seu irmão, que o censurava:

— Infeliz!... Como?... Foi você... que fez isso? É a causa...

— Perdão... irmão... perdão!

— Por isso tem estado sempre afastado de seus camaradas! Tinha medo deles!... Ah! Que eles nunca o saibam!... Nenhuma palavra... Nenhuma palavra... a ninguém!

Moko daria tudo para nada saber daquele segredo. Mas, agora, fingir ignorá-lo diante de Briant lhe custaria muito.

42

Jacques estava de joelhos diante de Briant.

Assim, alguns instantes depois, quando se encontrou a sós com ele perto da canoa, disse:

— Senhor Briant, eu ouvi...

— O quê? Sabe que Jacques...

— Sim, senhor Briant... É preciso perdoá-lo...

— E os outros irão perdoá-lo?

— Talvez! — respondeu Moko. — Em todo caso, é melhor que nada saibam e esteja certo de que eu me calarei!

— Oh, meu caro Moko! — murmurou Briant, apertando a mão do grumete.

Durante duas horas, até ao momento de embarcar, Briant não dirigiu a palavra a Jacques, que ficou sentado junto de uma rocha, certamente mais abatido, desde que, cedendo às instâncias do irmão, confessara tudo.

Cerca de dez horas, iniciando-se a maré, Briant, Jacques e Moko tomaram lugar na canoa. Tão logo foi desamarrada, a corrente levou-a rapidamente. A lua, tendo-se erguido um pouco depois do pôr-do-sol, iluminava suficientemente o curso do rio do Leste para que a navegação se tornasse praticável até a meia-noite e meia hora. A vazante que sobreveio, então, obrigou à utilização dos remos e durante uma hora, a canoa não andou mais do que dois quilômetros rio acima. Briant propôs então fundear até que o dia nascesse, a fim de esperar a maré montante. Às seis horas da manhã, de novo se puseram caminho. E eram nove horas quando a canoa encontrou de novo as águas do lago da Família.

Ali, Moko içou novamente a vela e, com ótima brisa que a pegava de través, dirigiu a proa para a Gruta Francesa. Às seis horas da tarde aproximadamente, depois de feliz travessia, durante a qual nem Briant nem Jacques saíram de seu mutismo, a canoa foi assinalada por Garnett, que pescava à borda do lago. Pouco depois, encostava-se ao dique e Gordon acolhia com efusão o regresso de seus amigos.

44

3

A Primeira Eleição

A propósito da cena surpreendida por Moko, entre seu irmão e ele, Briant julgara bom guardar silêncio, mesmo em relação a Gordon. Quanto à narrativa de sua expedição, ele a fez aos companheiros, reunidos no salão. Descreveu a costa oriental da ilha Chairman em toda aquela parte que circundava a baía da Decepção, o curso do rio do Leste, através das florestas vizinhas do lago, tão ricas em espécies de árvores verdes. Afirmou que a instalação teria sido mais fácil naquele litoral, acrescentando que não havia razão de abandonar-se a Gruta Francesa. No que se referia às águas do Pacífico, não se encontrava nenhuma terra à vista. Briant mencionou, entretanto, a mancha esbranquiçada que havia percebido ao largo e cuja presença acima do horizonte não podia explicar. Muito provavelmente não era senão massa de vapores e seria oportuno verificar-se quando se fosse visitar a baía da Decepção. Em suma — o que parecia mais do que certo é que a ilha Chairman não era vizinha de qualquer outra terra naquelas paragens e, sem dúvida, várias centenas de quilômetros a separavam do continente ou arquipélagos mais próximos.

Convinha, portanto, retomar com coragem a luta pela vida, esperando-se que o salvamento viesse de fora, pois parecia improvável que os jovens colonos pudessem consegui-lo algum dia por seus próprios meios. Cada um se pôs de novo ao trabalho. Todas as medidas encaminharam-se no sentido de se preservarem contra os rigores do inverno. Briant aplicou-se nisso com mais zelo do que tinha feito até então. Entretanto, sentia-se que ele se tornara menos comunicativo e que também, a exemplo de seu irmão, mostrava propensão de manter-se à parte. Gordon, notando tal mudança de seu caráter, observou também que Briant procurava pôr seu irmão à frente, sempre que fosse preciso haver coragem ou houvesse perigo a correr, o que Jacques aceitava com avidez. Todavia, como Briant jamais dera oportunidade a que Gordon o interrogasse a respeito, este se manteve em reserva, embora desconfiasse que entre os dois irmãos houvesse tido alguma explicação.

O mês de fevereiro escoou-se em trabalhos de várias espécies. Tendo observado que os salmões subiam o rio em direção às águas doces do lago da Família, armaram-se redes de um a outro lado do Zelândia e muitos deles foram pescados. A necessidade de conservá-los exigia providências no sentido de obter-se grande quantidade de sal. Isto ocasionou várias viagens à baía de Sloughi, onde Baxter e Briant fizeram pequena salina, um simples quadrado emoldurado de areia e no qual se depositava o sal, após evaporarem-se as águas do mar sob a ação dos raios solares.

Durante a primeira quinzena de março, três ou quatro dos jovens colonos puderam explorar uma parte daquela região pantanosa do brejo do Sul que se estendia sobre a margem esquerda do rio Zelândia. Foi a Doniphan que veio a idéia da exploração e Baxter, de acordo com sua sugestão, fabricou alguns pares de pernas de pau, utilizando troncos finos. Como o pântano estava, em certos locais, coberto por fina camada de água, as pernas de pau permitiriam alcançar com o pé seco as superfícies sólidas.

A treze de abril, pela manhã, Doniphan, Webb e Wilcox, tendo atravessado o rio na canoa, desembarcaram na margem esquerda, levando seus fuzis. Doniphan armou-se com o espingardão que o arsenal da Gruta Francesa possuía, pensando encontrar ali excelente oportunidade para utilizá-lo. Logo que os três caçadores pisaram a outra margem, puseram suas pernas de pau a fim de alcançar as elevações do pântano, acompanhados de Fido.

Depois de transpor dois quilômetros na direção do sudoeste, Doniphan, Wilcox e Webb alcançaram o solo seco do pântano. Retiraram então as pernas de pau a fim de estarem mais à vontade para perseguir as caças. O olhar não via o fim do vasto brejo do Sul, a não ser para o leste, onde a linha azul do mar se arredondava no horizonte. Havia abundância de aves. Eram narcejas, patos selvagens, marrecos, codornizes, tarambolas e milhares daqueles patos viajantes, mais procurados por sua penugem do que pela sua carne, mas que, convenientemente preparados, fornecem um prato bem aceitável. Doniphan e seus dois camaradas poderiam atirar em centenas, mas contentaram-se com algumas dúzias apenas, que Fido ia apanhar no meio do grande charco.

Os três caçadores voltaram bem abastecidos de caça, de modo a não ter que lamentar seu passeio através do brejo do Sul. Uma vez nos limites das poças de água, repuseram as pernas de pau e alcançaram a margem do rio, comprometendo-se a repetir a excursão, que os primeiros frios tornariam mais frutuosa ainda.

Além disso, Gordon não devia esperar a chegada do inverno para depois tomar as providências necessárias para que a Gruta Francesa pudesse suportar-lhe os rigores. Havia ampla provisão de combustível a fazer, a fim de garantir igualmente o aquecimento dos estábulos e do galinheiro. Numerosas visitas foram organizadas à orla do brejo. A carroça, atrelada nos dois guanacos, fez várias viagens por dia durante uma quinzena. E agora, se o inverno durasse seis meses ou mais, com estoque considerável de lenha e a reserva do óleo de focas, a Gruta Francesa não teria nada a recear do frio ou da escuridão.

Tais trabalhos não impediam aquele pequeno mundo de seguir o seu programa de instrução. Cada um por seu turno, os mais velhos davam aulas aos mais jovens. Durante as conferências que se faziam duas vezes por semana, Doniphan continuava a fazer ostentação de sua superioridade, o que não lhe atraía muitos amigos. Também, salvo seus partidários habituais, não era bem-visto pelos outros. E, no entanto, dali a dois meses, quando terminariam as funções de Gordon, esperava sucedê-lo como chefe da colônia. Segundo seu amor-

47

próprio, tinha direito a tal posição. Não era já uma verdadeira injustiça que não fosse eleito na primeira vez? Wilcox, Cross e Webb, estimulando-o nessas idéias, tateavam o terreno a propósito da eleição futura e pareciam não duvidar do sucesso. Não obstante não tinha maioria. Os mais jovens, sobretudo, não pareciam inclinar-se por ele, nem por Gordon.

Gordon percebia claramente toda a manobra e, se bem que fosse reelegível, não queria conservar a posição. Sentia que a severidade que demonstrara durante seu ano de presidência não era para acumular votos. Suas maneiras rígidas, seu espírito demasiado prático tinham muitas vezes causado desagrado e Doniphan esperava que tal descontentamento revertesse em seu favor. Na época da eleição, haveria luta.

O que os pequenos, principalmente, censuravam em Gordon era sua economia, verdadeiramente severa, a respeito dos pratos de doce. Por outro lado, admoestava-os quando não cuidavam de suas roupas, quando voltavam para a Gruta Francesa com nódoas ou um rasgão e, sobretudo, com os sapatos furados, o que exigia reparações difíceis, tornando grave a questão de calçado. E, a propósito de botões perdidos, quantas reprimendas e punições! Gordon exigia que cada um conferisse no final do dia os botões da roupa. Em caso de falta, havia privação de sobremesa ou prisão. Briant, então, intercedia, ora por Jenkins, ora por Dole, e era isso que fazia sua popularidade! Depois, os pequenos sabiam que os dois funcionários da copa, Service e Moko, eram devotados a Briant e se ele fosse algum dia o chefe da ilha Chairman, teriam futuro saboroso, em que as guloseimas não seriam poupadas.

Briant não se interessava por tais questões. Trabalhava sem cessar, não poupando trabalho a seu irmão, ambos sempre os primeiros a meter mãos à obra e os últimos a deixá-la, como se tivessem, particularmente, maior dever a cumprir.

Os dias, entretanto, não eram inteiramente consagrados à instrução comum. O programa reservava algumas horas para

Fido ia recolher a caça no meio do grande charco.

a recreação. Crianças e rapazes tomavam parte. Subiam nas árvores, alcançando os primeiros ramos por meio de corda enrolada em torno do tronco. Saltava-se a longas distâncias com o auxílio de compridas varas. Tomava-se banho nas águas do lago e os que não sabiam nadar bem depressa o aprenderam. Faziam-se corridas com recompensa para os vencedores. Praticava-se o manejo das bolas e do laço. Havia também alguns daqueles jogos tão em uso entre os jovens ingleses.

Na tarde de vinte e cinco de abril, divididos em dois campos, oito ao todo, Doniphan, Webb, Wilcox e Cross de um lado e Briant, Baxter, Garnett e Service do outro, jogavam uma partida de malha, no relvado do Terraço dos Esportes. Na superfície plana do terreno, duas cavilhas de ferro tinham sido colocadas a vinte metros aproximadamente uma da outra. Cada um dos jogadores estava munido de duas malhas, espécie de disco de metal com orifício no centro e mais delgado na periferia.

Neste jogo, cada jogador deve lançar seus discos sucessivamente e com bastante habilidade, de modo que o primeiro entre na primeira cavilha e o segundo, na segunda. Se acertar em uma das cavilhas, o jogador conta dois pontos e quatro, se consegue acertar nas duas. Quando as malhas aproximam-se apenas da cavilha, contam-se dois pontos para duas que estejam mais perto do alvo e um só ponto, se uma só se coloca em boa disposição.

Naquele dia, a animação dos jogadores era grande e pelo fato de Doniphan estar em campo oposto ao de Briant, o amor-próprio de cada um era estimulado de modo extraordinário. Duas partidas já haviam sido jogadas. Briant, Baxter, Service, Garnett haviam ganhado a primeira, marcando sete pontos, enquanto seus adversários ganharam a segunda, apenas com seis. Estavam, portanto, jogando a decisiva. Ora, quando os dois campos já tinham chegado cada um a cinco pontos, não restavam mais do que duas malhas a ser lançadas.

— É a sua vez, Doniphan — disse Webb. — Mire bem! Estamos com a última malha e é preciso ganhar.

Subiam nas árvores e saltavam a longas distâncias utilizando compridas varas.

— Fique tranqüilo! — respondeu Doniphan.

Pôs-se em posição, os pés colocados um na frente do outro, a mão direita pegando o disco, o corpo ligeiramente inclinado, o busto tombando para o lado esquerdo, a fim de garantir o lançamento. Via-se que o vaidoso menino jogava com toda a alma, dentes cerrados, rosto um pouco pálido, olhar vivo sob as sobrancelhas meio franzidas. Depois de ter cuidadosamente mirado, balançando seu disco, ele projetou-o horizontal e vigorosamente.

O disco atingiu o bastão apenas na borda exterior e, em lugar de entrar, caiu por terra — o que só lhe deu o total de seis pontos. Doniphan não pôde conter um gesto de despeito e bateu o pé encolerizado.

— É desagradável — disse Cross, — mas não perdemos a partida por causa disso, Doniphan!

— Não, certamente! — acrescentou Wilcox. — Seu disco está junto da meta e, a menos que Briant faça entrar o seu, desafio-o a que faça mais pontos.

Efetivamente, se o disco que Briant ia lançar não se introduzisse na haste, a partida seria perdida para seu campo, pois era quase impossível pô-lo mais perto da cavilha do que o fizera Doniphan.

— Mire bem!... Mire bem! — exclamou Service.

Briant não respondeu nem pensou em ser desagradável a Doniphan. Só queria uma coisa: garantir a vitória, mais por seus partidários do que por si mesmo. Pôs-se na posição e enviou tão habilmente a malha que caiu justamente sobre a haste.

— Sete pontos! — exclamou triunfalmente Service. — Ganhamos a partida! Ganhamos!

Doniphan aproximou-se, agitado:

— Não, a partida não está ganha.

— E por quê? — perguntou Baxter.

— Porque Briant trapaceou.

— Trapaceei? — exclamou Briant, empalidecendo diante da acusação.

52

Doniphan tinha adotado a atitude de boxeador.

— Trapaceou! — afirmou Doniphan. — Briant não tinha os pés na linha em que devia estar! Aproximou-se dois passos!

— É mentira! — exclamou Service.

— Sim, mentira! — confirmou Briant. — Admitindo mesmo que fosse verdade, isso podia ser apenas um erro de minha parte e não admito que Doniphan me acuse de fazer trapaça!

— Não admitiria?... — disse Doniphan erguendo os ombros.

— Não! — respondeu Briant, que começava a perder a calma. — E, demais, provarei que meus pés estavam exatamente colocados na linha...

— Sim!... Sim!... — exclamaram Baxter e Service.

— Não!... Não!... — retorquiram Webb e Cross.

— Vejam a marca dos meus sapatos sobre a areia! — continuou Briant. — E como Doniphan não se podia ter enganado sobre este ponto, eu direi que ele mente!

— Minto? — exclamou Doniphan, aproximando-se lentamente de seu adversário.

Webb e Cross tinham-se colocado atrás dele, a fim de apoiá-lo, enquanto Service e Baxter conservavam-se prontos a ajudar Briant se houvesse luta.

Doniphan tinha tomado a atitude de boxeador, sem casaco, mangas arregaçadas até o cotovelo e o lenço enrolado em torno do punho. Briant, que recobrara o sangue-frio, continuava imóvel, como se tivesse repugnância em bater-se com um de seus colegas, dando tal exemplo à pequena colônia.

— Fez mal em me ofender, Doniphan — disse ele, — e agora faz mal em provocar-me!

— De fato — respondeu Doniphan, em tom de profundo desprezo, — sempre se faz mal em provocar aqueles que não sabem corresponder às provocações!

— Se eu não correspondo — disse Briant — é porque não me convém corresponder!...

— Se não corresponder — retrucou Doniphan — é porque tem medo!

— Medo?... Eu?...

— Porque é um covarde!

Briant arregaçou as mangas e lançou-se resolutamente sobre Doniphan. Os dois adversários estavam agora frente a frente.

Entre os ingleses, e mesmo nos pensionatos ingleses, o boxe faz, por assim dizer, parte da educação. Já se observou que os jovens hábeis nesse exercício mostram mais doçura e paciência do que os outros e não procuram brigas a propósito de tudo. Briant, em sua qualidade de francês, jamais tivera gosto por essa troca de murros, cujo alvo é apenas o rosto. Encontrava-se, pois, em estado de inferioridade diante de seu adversário, que era hábil pugilista, se bem que ambos fossem da mesma idade, da mesma altura e perfeitamente iguais em vigor.

A luta estava a ponto de começar. O primeiro assalto ia ser dado, quando Gordon, que fora prevenido por Dole, apressou-se em intervir:

— Briant!... Doniphan!... — exclamou ele.

— Ele me chamou de mentiroso! — disse Doniphan.

— Depois que ele me acusou de trapacear e chamar-me de covarde! — esclareceu Briant.

Neste momento, todos se reuniram em torno de Gordon, enquanto os dois adversários deram alguns passos atrás, Briant de braços cruzados e Doniphan de punhos em riste.

— Doniphan! — disse então Gordon com voz severa. — Eu conheço Briant!... Não deve ter sido ele que procurou briga!... Foi você quem começou!

— Francamente, Gordon! — retrucou Doniphan. — Eu o conheço bem!... Sempre pronto a tomar partido contra mim!

— Sim... quando o merece! — respondeu Gordon.

— Seja! — continuou Doniphan. — Mas sejam os erros meus ou de Briant, se ele se recusa a bater-se, será um covarde.

— E você, Doniphan, um menino mau — respondeu Gordon — que dá exemplo deplorável a seus companheiros!

55

Na grave situação em que nos encontramos, um dentre nós não faz outra coisa senão provocar a desunião! É preciso que sempre seja envolvido o melhor de todos!...

— Briant, agradeça a Gordon! — exclamou Doniphan. — E, agora, ponha-se em guarda!

— Pois bem, não! — impôs Gordon. — Eu sou o chefe e oponho-me a qualquer cena de violência entre vocês. Briant, volte para a Gruta Francesa! Doniphan, vá acalmar a sua cólera onde quiser e não reapareça senão quando estiver em estado de compreender que, ao considerá-lo em falta, não fiz senão o meu dever!

—Sim!... Sim!... — exclamaram os outros, menos Webb, Wilcox e Cross. — Hurra para Gordon! Hurra para Briant!

Diante dessa quase unanimidade, não havia outra coisa a fazer senão obedecer. Briant entrou no salão e, à noite, quando Doniphan voltou à hora de deitar, não manifestou mais indícios de querer dar continuidade ao caso. Todavia, sentia-se bem que alimentava surdo rancor, que sua inimizade contra Briant aumentara ainda mais e que não esqueceria na oportunidade a repreensão que lhe acabava de dar Gordon. Recusou, ainda, as tentativas de reconciliação que este quis fazer.

Não obstante, desde aquele dia não se tocou mais no caso. Ninguém fez qualquer alusão ao que se tinha passado entre os dois rivais e os trabalhos comuns continuaram a ser executados, na previsão do inverno, que não se faria esperar muito. Durante a primeira semana de maio, o frio foi tão intenso que Gordon deu ordem de acender as estufas do salão, noite e dia. A seguir pareceu necessário aquecer o galpão, o cercado e o galinheiro, atribuições de Service e de Garnett. Já certos pássaros preparavam-se para emigrar. Para que regiões eles voariam? Evidentemente, para as regiões setentrionais do Pacífico ou do continente americano que lhes ofereciam clima menos rigoroso. Entre tais pássaros, figuravam em primeiro lugar as andorinhas. Com a preocupação incessante de empregar todos os meios para repatriar-se, Briant teve então a idéia de utilizar a partida dos pássaros para enviar mensagem, indicando a situação dos náufragos do *Sloughi*. Era fácil apanhar algumas andorinhas, pois elas vinham aninhar-se até no interior do armazém. Em seu pescoço foi posto um saquinho de pano, com um bilhete que indicava aproximadamente em que parte do Pacífico conviria procurar a ilha Chairman com o pedido veemente de dar aviso a Auckland, capital da Nova Zelândia. Depois, as andorinhas foram soltas, e foi com verdadeira emoção que os jovens colonos lhes enviaram tocantes "até à vista", no instante em que desapareceram na direção do nordeste!

Bem ingênua era a tentativa, mas, por menos provável que um desses bilhetes fosse recolhido, Briant tivera razão de tentar.

A vinte e cinco de maio, apareceram as primeiras neves, e, por conseguinte, alguns dias mais cedo do que no ano anterior. Dessa precocidade do inverno devia-se concluir que seria rigoroso? Era de recear pelo menos. Felizmente, calor, luz, alimentação estavam garantidos para longos meses na Gruta Francesa, sem contar a produção do brejo do Sul, cujas caças se aproximavam das margens do rio Zelândia.

Desde algumas semanas as vestimentas quentes tinham sido distribuídas e Gordon zelava para que as medidas de higiene fossem observadas rigorosamente. Foi durante este último período que a Gruta Francesa sentiu secreta agitação que pôs as jovens cabeças inquietas. De fato, o ano para o qual Gordon havia sido nomeado chefe da ilha Chairman ia terminar na data de dez de junho. Começaram-se conferências, conciliábulos, intrigas, que não deixavam de agitar seriamente a pequena comunidade. Gordon, como se sabe, queria permanecer indiferente. Quanto a Briant, sendo francês de origem, não pensava de modo algum em governar uma colônia de rapazes, onde os ingleses se encontravam em maioria. No fundo, sem muito o demonstrar, aquele que mais se inquietava por causa da eleição era Doniphan. Evidentemente, com sua inteligência acima do comum, sua coragem da qual ninguém duvidava, teria muitas probabilidades, se não fossem seu caráter altivo, seu espírito dominador e os defeitos de sua natureza invejosa. Todavia, fosse porque estava certo de que sucederia a Gordon, fosse porque sua vaidade o impedia de mendigar votos, afetou manter-se afastado. Mas o que não fez abertamente, seus amigos o fizeram por ele. Wilcox, Webb e Cross trabalhavam secretamente para que os colegas dessem seus votos a Doniphan, sobretudo as crianças, cuja ajuda era preciosa. Ora, como nenhum nome tinha preferência, Doniphan pôde considerar com algum motivo assegurada sua eleição.

Finalmente chegou dez de junho.

Durante à tarde iria acontecer a votação. Cada um devia escrever numa cédula o nome de seu candidato. Como a colônia contava quatorze membros, e não pretendendo Moko exercer o direito de eleitor, sete votos mais um para um mesmo nome fixariam a escolha do novo chefe.

A votação abriu-se às duas horas, sob a presidência de Gordon, e terminou com aquela gravidade que a raça anglo-saxônica dá a todas as operações desse gênero. Quando foi feita apuração, o resultado foi o seguinte:

Briant .... 8 votos
Doniphan .... 3 votos
Gordon .... 1 voto

Nem Gordon nem Doniphan tinham querido tomar parte na eleição. Briant votara em Gordon.

Ao ouvir tal resultado, Doniphan não pôde esconder seu desapontamento nem a irritação profunda que sentiu.

Briant, muito surpreso de ter obtido a maioria dos votos, esteve primeiro a ponto de recusar a honra que se lhe fazia. Mas, sem dúvida, uma idéia lhe veio ao espírito, pois, depois de ter olhado seu irmão Jacques, disse:

— Obrigado, meus amigos, eu aceito!

A partir daquele dia, Briant seria por um ano o chefe dos jovens colonos da ilha Chairman.

4

URSOS E PATINADOR

O que seus companheiros quiseram fazer, ao escolher Briant, foi render justiça a seu espírito de colaboração, à coragem de que dava provas em todas as ocasiões em que estivesse em jogo o bem-estar da colônia, a seu infatigável devotamento pelo interesse geral. Desde o dia em que ele havia, por assim dizer, tomado o comando da escuna, durante a travessia da Nova Zelândia à ilha Chairman, ele jamais tinha recuado diante de qualquer perigo ou trabalho. Embora fosse de nacionalidade diferente, todos o estimavam, rapazes e crianças — os últimos principalmente, aos quais dedicava sem cessar tanto zelo e que tinham unanimemente votado nele. Somente Doniphan, Cross, Wilcox e Webb se recusavam a reconhecer as qualidades de Briant. Mas no fundo, sabiam perfeitamente que eram injustos.

Se bem que previsse que a escolha acentuaria ainda mais a dissidência já existente, se bem que pudesse recear que Doniphan e seus partidários tomassem alguma decisão lamentável, Gordon não poupou suas felicitações a Briant. Por um lado, tinha o espírito bastante eqüitativo. Por outro, preferia não ter mais que se ocupar senão da contabilidade da Gruta Francesa.

Desde aquele dia, entretanto, foi visível que Doniphan e seus amigos estavam decididos a não suportar tal estado de coisas, embora Briant tivesse prometido a si mesmo não proporcionar motivos para discussão. Quanto a Jacques, não foi sem surpresa que viu seu irmão aceitar o resultado da votação.

59

— Então você quer... — começou Jacques a dizer.

— Sim — respondeu em voz baixa, — quero fazer ainda mais do que temos feito até aqui, para corrigir seu erro.

— Obrigado, irmão — disse Jacques, — e não me poupe.

No dia seguinte, recomeçou o curso daquela existência que os dias longos do inverno tornariam monótona em breve. Só restavam farrapos do pavilhão içado no mastro, sacudido como fora durante algumas semanas pelos ventos do largo. Era preciso substituí-lo por algo capaz de suportar as borrascas hibernais. A conselho de Briant, Baxter fabricou uma espécie de balão trançado com juncos flexíveis que crescem à borda dos pântanos e que poderia resistir às lufadas. Foi então feita excursão à baía no dia dezessete de junho e o pavilhão do Reino Unido foi substituído pelo novo sinal que era visível num raio de vários quilômetros.

Todavia, não estava longe o momento em que Briant e seus administrados iam ficar prisioneiros da Gruta Francesa. O termômetro descia lentamente, seguindo progressão contínua, o que indicava que haveria frios persistentes.

Briant mandou pôr a canoa em terra, no ângulo do contraforte, onde foi coberta com lona espessa, a fim de que suas juntas não se abrissem. Depois Baxter e Wilcox armaram laços perto do cercado e fizeram novos alçapões na orla do bosque das Armadilhas. Finalmente, as redes foram colocadas ao longo da margem esquerda do rio Zelândia, de modo a reter em suas malhas a caça aquática que os ventos violentos do sul arrastassem para o interior da ilha. Doniphan e dois ou três companheiros, erguidos em suas pernas de pau, faziam excursões pelo brejo do Sul, donde nunca voltavam de mãos vazias.

Durante os primeiros dias de julho o rio começou a congelar. Alguns bancos de gelo que se formaram no lago da Família derivavam pela corrente. Em breve, em conseqüência de seu acúmulo um pouco abaixo da Gruta Francesa, a superfície do curso de água era uma só crosta gelada. Com a continuação do frio, que já marcava doze graus abaixo de zero, o lago não tardaria a solidificar-se sobre toda a extensão. Com efeito, depois de violento assalto das ventanias que tornaram a solidificação mais lenta, o vento varreu o sudeste, o céu iluminou-se e a temperatura desceu a perto de vinte graus abaixo de zero.

O programa de vida do inverno foi recomeçado nas mesmas condições em que fora estabelecido no ano precedente. Briant mantinha-o sem forçar sua autoridade. Era obedecido de bom grado e Gordon facilitava muito sua tarefa, dando exemplo de obediência. Também Doniphan e seus partidários não se mostravam mais insubordinados. Ocupavam-se do serviço cotidiano das armadilhas, alçapões, redes e laços, que lhes era especialmente atribuído, continuando sempre a viver em grupo, conversando em voz baixa, não se misturando senão muito raramente à conversação geral, mesmo durante as refeições e os serões da noite. Estariam maquinando alguma coisa? Não se sabia. A verdade é que não havia observação a fazer-lhes e Briant não teve que intervir em nada. Limitava-se a ser justo com todos, tomando para si, a maioria das vezes, os trabalhos difíceis e penosos, não poupando seu irmão que rivalizava com ele em zelo. Gordon pôde observar que o caráter de Jacques tendia a modificar-se e Moko via, com prazer, que desde a explicação que tivera com Briant, o menino misturava-se mais livremente às conversas e brinquedos de seus companheiros.

Os estudos preenchiam longas horas que o frio obrigava a passar no salão. Jenkins, Iverson, Dole e Costar faziam progressos sensíveis. Ao instruí-los, os rapazes não deixavam de instruir a si próprios. Durante os longos serões, liam em voz alta as narrativas de viagem, às quais Service teria certamente preferido a leitura de seus Robinsons. Às vezes, também, o acordeão de Garnett deixava escapar harmonias chorosas. Outros cantavam em coro algumas canções de sua infância. Depois, findo o concerto, cada um ia deitar-se.

Entretanto, Briant não cessava de pensar no regresso à Nova Zelândia. Era a sua grande preocupação. Nisto ele diferia de Gordon, que só pensava em completar a organização da colônia na ilha Chairman. A presidência de Briant devia ser, sobretudo, marcada pelos esforços que seriam feitos com o objetivo de se repatriarem. Pensava sempre naquela mancha esbranquiçada percebida ao largo da baía da Decepção. Não seria alguma terra situada na vizinhança da ilha? Se assim fosse, seria possível construir embarcação com a qual se pudesse tentar atingir aquela terra? Mas quando conversava com Baxter, este sacudia a cabeça, compreendendo bem que tal trabalho era acima de suas forças.

— Ah! Por que somos apenas crianças? — repetia Briant.

— Sim! Crianças, quando era preciso que fôssemos homens!

Durante aquelas noites de inverno se bem que a segurança parecesse garantida na Gruta Francesa, foram dados alguns sinais de alerta. Por várias vezes Fido soltava longos latidos de alarme, quando os bandos de carnívoros — quase sempre chacais — vinham rondar em torno do cercado. Doniphan e os outros se precipitavam então pela porta do salão e, lançando tições em brasa aos animais, conseguiam pô-los em fuga. Duas ou três vezes também vários jaguares e onças apareceriam nas redondezas, sem jamais se aproximarem tanto quanto os chacais.

No dia vinte e quatro de julho, Moko teve finalmente a oportunidade de desenvolver novos talentos culinários, preparando caça de que todos se regalaram.

Wilcox e Baxter, que de bom grado o ajudava, não estavam satisfeitos com os engenhos que armavam para as aves ou roedores de pequena espécie. Curvando alguns daqueles caules que cresciam dentro do maciço do bosque das Armadilhas, puderam armar verdadeiros laços de correr para a caça de grande porte. Este gênero de armadilha é comumente feito em florestas, sobre as passagens dos cabritos monteses, e não é raro que produza bons resultados.

No bosque das Armadilhas, colheu-se um flamingo na noite de vinte e quatro de julho. No dia seguinte, quando Wilcox visitou as armadilhas, o animal estava já estrangulado pelo anel com que o caule, ao levantar-se, lhe havia apertado a garganta. Bem depenado, bem limpo, bem recheado de ervas aromáticas e assado, foi declarado excelente. Tanto das asas como das coxas, todos tiveram uma parte e mesmo cada um teve um pedacinho da língua que é o que de melhor se pode comer sob a abóbada celeste.

A primeira quinzena do mês de agosto foi marcada por quatro dias de frio excessivo. Briant viu apreensivo o termômetro descer a trinta graus centígrados abaixo de zero. A pureza do ar era incomparável e assim como acontece a maioria das vezes em tão baixas temperaturas, nenhum sopro perturbava a atmosfera.

Durante esse período, não se podia sair da Gruta Francesa sem se ficar imediatamente congelado até à medula dos ossos. Aos pequenos foi proibido exporem-se ao ar frio um só instante. Os rapazes, aliás, não o faziam senão em caso de absoluta necessidade, principalmente para alimentar dia e noite as fogueiras do estábulo e do galinheiro.

Por felicidade, este frio durou pouco. Nas proximidades de seis de agosto, o vento virou para oeste. A Gruta Francesa e o litoral da costa da Tempestade foram então assaltados por borrascas terríveis que, depois de açoitar o reverso da colina Auckland, ricocheteavam por cima com violência incomparável. Entretanto, a Gruta Francesa nada sofreu. Seria preciso um tremor de terra, pelo menos, para abalar suas sólidas paredes. As rajadas mais irresistíveis, aquelas que fazem dar à costa os barcos de alto bordo ou derrubam os edifícios de pedra, não teriam efeito sobre a inabalável falésia. Quanto às árvores abatidas, foram numerosas, era trabalho poupado aos jovens lenhadores, quando se tratasse de fazer provisões de combustível.

Tais tempestades tiveram por resultado modificar profundamente o estado atmosférico no sentido de pôr fim aos grandes frios. A partir de tal período, a temperatura foi-se elevando constantemente e, desde que as perturbações cessaram, manteve-se à média de sete a oito graus abaixo de zero.

A última quinzena de agosto foi suportável. Briant pôde recomeçar os trabalhos de fora, com exceção da pesca, pois uma camada espessa de gelo cobria ainda as águas do rio e do lago. Numerosas visitas foram feitas às armadilhas, laços e redes, onde a caça dos brejos caía abundantemente e a despensa não cessou de ser provida de carnes frescas. De resto, o cercado contou em breve com novos hóspedes. Além das ninhadas de perus selvagens e pintadas, a vicunha teve cinco filhotes.

Aproveitando as circunstâncias, pois o estado do gelo ainda o permitia, Briant teve a idéia de proporcionar a todos as delícias da patinação. Com palmilhas de madeira e lâminas de ferro, Baxter conseguiu fabricar alguns pares de patins. Os jovens tinham o hábito desse exercício, que é muito apreciado no mais forte inverno da Nova Zelândia e ficaram encantados pela oportunidade de desenvolver seus talentos na superfície do lago da Família.

A vinte e cinco de agosto, cerca de onze horas da manhã, Briant, Gordon, Doniphan, Webb, Cross, Wilcox, Baxter, Garnett, Service, Jenkins e Jacques, ficando Iverson, Dole e Costar sob a guarda de Moko e de Fido, deixaram a Gruta Francesa a fim de procurar local onde a camada de gelo apresentasse vasta extensão propícia à patinação.

Briant levou uma das cornetas de bordo, a fim de chamar seu pequeno grupo, no caso de alguns se afastarem demasiadamente. Todos tinham almoçado antes de partir e contavam estar de regresso antes do jantar. Andaram seis quilômetros antes de encontrarem local conveniente, já que o lago da Família estava cheio de bancos de gelo nas imediações da Gruta Francesa.

Os jovens colonos detiveram-se ante uma superfície uniformemente solidificada que se estendia a perder de vista do lado do leste. Seria magnífico campo de manobras para um exército de patinadores.

Doniphan e Cross tinham levado seus fuzis a fim de atirar em alguma caça, se a oportunidade se apresentasse. Quanto a Briant e a Gordon, que jamais gostaram deste esporte, só tinham vindo com a intenção de impedir as imprudências.

Os mais hábeis patinadores eram, sem dúvida, Doniphan, Cross e Jacques, sobretudo este, não só pela sua velocidade, mas pela precisão com que traçava curvas complicadas.

Antes de dar o sinal de partida, Briant reuniu seus camaradas e lhes disse:

Doniphan mostrou a Cross os marrecos que avistava ao longe.

— Não tenho necessidade de recomendar-lhes que sejam prudentes e ponham de lado todo o amor-próprio! Se não há possibilidade do gelo quebrar-se, existe sempre o receio de que se quebre um braço ou uma perna! Não vão para fora do alcance da vista! No caso de vocês chegarem a ser levados a grande distância, não se esqueçam de que Gordon e eu esperamos vocês neste lugar. Assim, quando eu der o sinal com a corneta, cada um deve voltar para nos reunirmos.

Feitas essas recomendações, os patinadores lançaram-se sobre o lago e Briant ficou tranqüilo, vendo-os desenvolver habilidade extraordinária. Se houve, de início, algumas quedas, só provocaram gargalhadas.

Em verdade, Jacques fazia maravilhas para frente e para trás, num só pé ou nos dois, de pé ou de cócoras, descrevendo círculos ou elipses com regularidade perfeita. E que satisfação tinha Briant, ao ver seu irmão tomar parte nos divertimentos gerais!

É provável que Doniphan, tão apaixonado por todos os exercícios do corpo, sentisse algum despeito pelo sucesso de Jacques, que era muito aplaudido. Tanto assim que não tardou a afastar-se da margem, apesar das recomendações de Briant. Em dado momento, fez sinal a Cross para acompanhá-lo.

— Olá, Cross — gritou-lhe, — estou vendo um bando de marrecos... lá... no leste!... Está vendo?

— Sim, Doniphan!

— Tem o seu fuzil!... Eu tenho o meu!... À caça!...

— Mas Briant proibiu!...

— Ora! E quem liga para Briant?... Venha... depressa!

Num piscar de olhos Doniphan e Cross transpuseram um quilômetro, perseguindo o bando de pássaros.

— Aonde eles vão? — indagou Briant.

— Certamente viram alguma caça — respondeu Gordon — e o instinto...

— Ou talvez o instinto da desobediência! — continuou Briant. — E sempre Doniphan...

— Acredita, Briant, que haja alguma coisa a recear por eles?

— Ora, quem sabe, Gordon?... É sempre imprudência ir para longe. Veja como já estão distantes!

E, de fato, em corrida louca, Doniphan e Cross não pareciam mais do que dois pontos negros no horizonte do lago. Se, realmente, havia tempo de voltar, pois o dia ia durar ainda algumas horas, era, não obstante, imprudência. De fato, naquela época do ano, havia sempre receio de súbita mudança no estado da atmosfera. Qualquer modificação na direção dos ventos seria o suficiente para trazer ventanias ou nevoeiros. Realmente, surgiu espessa camada de nuvens e Briant encheu-se de apreensões.

Cross e Doniphan não tinham ainda voltado e a névoa agora acumulada na superfície do lago escondia a margem ocidental.

— Eis o que eu temia! — exclamou Briant. — Como os encontraremos?

— Um toque de corneta! Toque a corneta! — lembrou vivamente Gordon.

Por três vezes a corneta soou e seu som prolongou-se pelo espaço. Talvez respondessem por tiros, único meio que Doniphan e Cross tinham para sinalizar sua posição. Briant e Gordon aguardaram, mas não escutaram nenhuma detonação. O nevoeiro tinha aumentado tanto em espessura como em extensão e suas primeiras massas desenrolavam-se a menos de quinhentos metros da margem. Ora, como ele se expandia simultaneamente para as altas zonas, o lago iria desaparecer em poucos minutos. Briant chamou então os colegas que estavam ao alcance da vista. Alguns instantes depois todos estavam reunidos na margem.

— O que fazer?... — perguntou Gordon.

— Tentar tudo para encontrar Cross e Doniphan antes que fiquem perdidos no nevoeiro! Um de nós irá na direção que eles tomaram e tentará localizá-los a toque de corneta...

— Estou pronto a partir! — disse Baxter.

— Nós também — disseram dois ou três outros.

— Não! Irei eu!... — disse Briant.

— Antes eu, irmão — interveio Jacques. — Com meus patins, em breve encontrarei Doniphan...

— Seja! — acedeu Briant. — Vá, Jacques, e escuta bem o som de tiros!... Leve a corneta para assinalar sua presença!...

— Sim, irmão!

Um instante depois, Jacques estava invisível no meio das brumas que se tornavam cada vez mais opacas.

Briant, Gordon e os outros prestaram toda a atenção aos toques de corneta lançados por Jacques, mas a distância extinguiu-os em breve.

Meia hora passou. Nenhuma notícia dos ausentes, nem de Cross, nem de Doniphan, incapazes de orientar-se sobre o lago, nem de Jacques, que fora à sua procura. O que lhes aconteceria se a noite viesse antes de estarem de regresso?

— Se, ao menos, tivéssemos armas de fogo! — exclamou Service — Talvez...

— Armas? — acudiu Briant. — Temos na Gruta Francesa! Sem perda de tempo!

Era o melhor a se fazer, pois, antes de tudo, importava indicar também a Jacques, a Doniphan e a Cross a direção que convinha seguir para encontrar de novo a margem do lago da Família. O melhor era, portanto, voltar pelo caminho mais curto à Gruta Francesa, onde os sinais poderiam ser feitos por meio de detonações sucessivas. Em menos de meia, hora, Briant, Gordon e os outros fizeram seis quilômetros que os separavam do Terraço dos Esportes. Nessa ocasião, não se tratava mais de economizar pólvora. Wilcox e Baxter carregaram dois fuzis e atiraram na direção do leste. Nem uma resposta, nem um tiro, nem um toque de corneta!

Eram já três e meia. O nevoeiro tendia a tornar-se mais espesso, à medida que o sol descia atrás do maciço da colina Auckland. Através da pesada névoa era impossível ver qualquer coisa na superfície do lago.

— Ao canhão! — disse Briant.

Durante uma hora ainda o canhão atirou de dez em dez minutos.

Uma das duas pequenas peças do *Sloughi* — ajustada através de uma das aberturas próximas à porta do salão foi arrastada para o meio do Terraço dos Esportes e convenientemente apontada para o nordeste. Depois de carregada com um dos cartuchos de sinais, Baxter ia já puxar a corda do estopim quando Moko sugeriu pôr-se uma bucha de erva embebida em graxa por cima do cartucho. Julgava saber que isto daria mais força à detonação e, de fato, não se enganava.

O tiro partiu. No meio daquela atmosfera absolutamente calma, era inadmissível que tal detonação não fosse ouvida a uma distância de vários quilômetros.

Todos ficaram à escuta... E nada!

Durante uma hora ainda a pequena peça atirou de dez em dez minutos. Não era concebível que Doniphan, Cross e Jacques desprezassem a significação desses tiros repetidos, indicando a posição da Gruta Francesa. Por outro lado, tais descargas deviam fazer-se ouvir sobre toda a superfície do lago da Família, pois os nevoeiros facilitam a propagação longínqua dos sons e esta propriedade aumenta na razão direta de sua densidade. Finalmente, um pouco antes das cinco horas, dois ou três tiros de fuzil, ainda distantes, foram distintamente percebidos na direção do nordeste.

— São eles! — exclamou Service.

E logo Baxter respondeu por mais uma descarga ao sinal de Doniphan. Instantes depois, duas sombras desenharam-se através das brumas que estavam menos espessas perto da margem do que sobre o lago. Imediatamente, hurras responderam aos hurras que partiam do Terraço dos Esportes.

Eram Doniphan e Cross. Jacques não estava com eles.

É fácil imaginar as angústias mortais que Briant experimentou. Seu irmão não pudera encontrar os dois caçadores, que nem ao menos tinham ouvido seus toques de corneta. Efetivamente, Cross e Doniphan, procurando orientar-se, tinham-se já dirigido para a parte meridional do lago da Família, enquanto Jacques se embrenhava pelo leste para tentar ir a seu encontro.

Eles mesmos, se não fossem as detonações partidas da Gruta Francesa, não teriam jamais podido descobrir sua direção.

Briant, com o pensamento inteiramente voltado para seu irmão perdido no meio da névoa, nem pensava em fazer admoestações a Doniphan, cuja desobediência poderia acarretar conseqüências tão graves. Se Jacques fosse obrigado a passar a noite no lago sob temperatura que talvez descesse a quinze graus abaixo de zero, como resistiria a frio tão intenso?

— Era eu quem devia ter ido em seu lugar... Eu! — repetia Briant, a quem Gordon e Baxter tentavam em vão dar um pouco de esperança.

Foram feitos ainda alguns tiros de canhão. Era evidente que, se Jacques estivesse próximo à Gruta Francesa, ouviria os estampidos e faria assinalar sua presença por toque de corneta. Mas os últimos ecos perderam-se ao longe e as detonações ficaram sem resposta. A noite já começava a cair e a escuridão não tardaria a envolver toda a ilha. Felizmente, o nevoeiro parecia estar se dissipando. A brisa que se levantara ao pôr-do-sol, como acontecia quase diariamente depois da calmaria do dia, afastava a névoa para o leste libertando a superfície do lago da Família. Em breve, a dificuldade de encontrar a Gruta Francesa seria devida apenas à escuridão da noite. Só havia uma coisa a fazer: acender grande fogueira a fim de que pudesse servir de sinal. E já Wilcox, Baxter e Service amontoavam a lenha seca no centro do Terraço dos Esportes quando Gordon os deteve.

— Esperem! — disse ele.

E com o binóculo nos olhos, olhava atentamente na direção do nordeste.

— Parece-me que vejo um ponto... Um ponto que se move...

Briant pegou no binóculo e olhou por sua vez.

— Deus seja louvado!... É ele!... — exclamou. — Jacques! Eu o estou vendo!...

71

E todos gritaram a plenos pulmões como se pudessem ser ouvidos.

Todavia a distância diminuía a olhos vistos. Jacques, patinava com rapidez de flecha sobre a crosta gelada do lago, aproximando-se da Gruta Francesa.

— Parece que não está só! — estranhou Baxter, que não pôde conter um gesto de surpresa.

E observação mais atenta fez reconhecer que dois pontos se moviam atrás de Jacques a trinta metros mais ou menos.

— O que será? — perguntou Gordon.

— São homens?... — secundou Baxter.

— Não!... Parecem animais... — disse Wilcox.

— Feras, talvez! — exclamou Doniphan.

Não se enganava. E, sem hesitar, de fuzil na mão, lançou-se sobre o lago ao encontro de Jacques. Em poucos instantes, encontrou o menino e descarregou seus dois tiros sobre as feras, que deram meia volta e desapareceram.

Eram dois ursos, que não se esperava viverem na ilha. Como os caçadores nunca tinham encontrado seus rastros? Devia-se admitir que, durante o inverno, fossem ao acaso até aquelas paragens, quer se aventurando pela superfície do mar congelado, quer embarcando sobre bancos de gelo flutuantes. Isso não parecia indicar que devia haver algum continente na vizinhança da ilha Chairman?... Era para dar o que pensar...

Fosse como fosse, Jacques estava salvo e seu irmão apertava-o nos braços. As felicitações, os abraços, os apertos de mão não faltaram ao bravo menino. Depois de haver em vão tocado a corneta, a fim de chamar seus companheiros, também perdidos na espessura da névoa, encontrou-se na impossibilidade de orientar-se, quando as primeiras detonações explodiram.

"Só pode ser o canhão da Gruta Francesa" — pensou, procurando reconhecer de onde vinha o som.

Então estava a vários quilômetros da margem, no nordeste do lago. Em seguida, com toda a velocidade de seus

Doniphan lançou-se ao encontro de Jacques.

patins, correu na direção que lhe era assinalada. Súbito, no momento em que o nevoeiro começava a dissolver-se, viu-se em presença dos dois ursos que se lançaram em sua direção. Apesar do perigo, seu sangue-frio não o abandonou um instante e, graças à rapidez de sua corrida, pôde manter a distância os animais. Se ele tivesse caído, estaria perdido.

Então, pegando Briant à parte, enquanto os outros entravam na gruta, disse em voz baixa:

— Obrigado, irmão, por me ter permitido...

Briant apertou-lhe a mão sem dar resposta. Depois, no momento em que Doniphan ia transpor a porta do salão, disse-lhe:

— Eu tinha proibido que se afastasse e sua desobediência poderia ter causado grande desgraça! Entretanto, se bem que tivesse cometido um erro, Doniphan, eu devo agradecer-lhe ter ido ao socorro de Jacques.

— Não fiz senão o meu dever — respondeu friamente Doniphan.

E não apertou a mão que lhe estendia tão cordialmente seu colega.

5

A VIAGEM DOS DISSIDENTES

Seis semanas depois destes acontecimentos, às cinco horas da tarde aproximadamente, quatro dos jovens colonos detinham-se na extremidade meridional do lago da Família.

Era dez de outubro. A influência da estação estival já se fazia sentir. Sob as árvores, revestidas de verdura fresca, o solo tinha retomado sua cor primaveril. Leve brisa encrespava ligeiramente a superfície do lago, ainda iluminado pelos últimos raios do sol, que tocavam de leve a vasta planície do brejo do Sul, terminada por estreita faixa de areia. Numerosos pássaros passavam em bandos alegres, voltando a seus abrigos noturnos na sombra dos bosques ou nas saliências da falésia. Diversos grupos de árvores de folhagem permanente, pinheiros, azinheiras e uma floresta de abetos de alguns acres, não muito distante, rompiam a monótona aridez daquela parte da ilha Chairman. A moldura vegetal do lago cessava naquele local e, para tornar a encontrar a cortina espessa das matas, seria necessário subir vários quilômetros por uma das margens laterais.

Naquele momento, bom fogo, aceso ao pé de um pinheiro marítimo projetava seu fumo perfumado, que o vento levava por sobre o pântano. Dois patos eram assados diante de uma fogueira flamejante, arranjada entre duas pedras. Depois da ceia, os quatro rapazes só teriam que se envolver em seus cobertores, e, enquanto um velaria, os outros três dormiriam tranqüilamente.

Eram Doniphan, Cross, Webb, Wilcox que tinham decidido separar-se de seus companheiros. Durante as últimas semanas deste segundo inverno, que os jovens colonos acabavam de passar na Gruta Francesa, as relações entre Doniphan e Briant tinham-se tornado tensas. Doniphan, com grande despeito, vira o rival ser eleito presidente. Cada vez mais irritado e com mais ciúme ainda, não se resignava facilmente a ter de submeter-se às ordens do novo chefe da ilha Chairman. Se não lhe resistia abertamente, é porque a maioria não o teria apoiado. Entretanto, em diversas ocasiões, manifestara tão grande má-vontade que Briant não lhe pôde poupar justas reprimendas. Desde os incidentes da patinação, onde sua desobediência fora flagrante, fosse por deixar-se levar por seus instintos de caçador ou fosse por querer andar por sua própria cabeça, sua insubmissão não cessara de aumentar e chegara o momento em que Briant seria obrigado a proceder com rigor.

Até então, muito inquieto por tal estado de coisas, Gordon tinha conseguido de Briant que este se contivesse. Mas o chefe da colônia sentia que sua paciência chegara ao fim e que, no interesse geral, para a manutenção da boa ordem, um exemplo seria necessário. Em vão Gordon tentara acordar em Doniphan melhores sentimentos. Se outrora tivera sobre ele alguma influência, agora devia reconhecer que a tinha perdido inteiramente. Doniphan não lhe perdoava por ter tomado o partido de seu rival. Assim, a intervenção de Gordon não teria nenhum resultado e foi com profundo desgosto que previu as complicações próximas.

De tal estado de coisas resultava que a harmonia, tão necessária à tranqüilidade de todos na Gruta Francesa, estava destruída. Sentia-se constrangimento moral que tornava muito penosa a existência em comum.

De fato, salvo as horas das refeições, Doniphan e seus partidários, Cross, Webb e Wilcox, que se deixavam dominar cada vez mais, viviam à parte. Quando o mau tempo os impedia de ir caçar, reuniam-se a um canto do salão e aí conversavam entre si em voz baixa.

— Com toda a certeza — disse um dia Briant a Gordon — os quatro se entendem para tomar alguma atitude...

— Não contra você, Briant! — afirmou Gordon. — Doniphan não ousaria! Todos estaríamos a seu lado, e ele sabe disso!

— Talvez Wilcox, Cross, Webb e ele pensem em separar-se de nós?...

— É de recear, Briant, e penso que não temos o direito de impedir!

— Estou certo, Gordon, que querem instalar-se longe...

— Talvez não pensem nisso, Briant.

— Pelo contrário, pensam! Vi Wilcox pegar uma cópia do mapa do náufrago Baudoin e é, evidentemente, com o objetivo de levá-la.

— Wilcox fez isso?...

— Sim, Gordon, e, em verdade, não sei mesmo se para acabar com tais aborrecimentos seria melhor demitir-me em favor de qualquer outro... de você, Gordon, ou mesmo de Doniphan!... Isso acabaria com toda a rivalidade.

— Não, Briant! — protestou Gordon resoluto. — Não! Isso seria faltar com seus deveres perante aqueles que o elegeram...

Foi durante o curso dessas divergências desagradáveis que acabou o inverno. Com os primeiros dias de outubro, tendo desaparecido definitivamente o frio, a superfície do lago e a do rio estavam de novo livres dos gelos. E foi então, na noite de nove de outubro, que Doniphan fez conhecer sua decisão de deixar a Gruta Francesa com Webb, Cross e Wilcox.

— Vocês querem abandonar-nos? — perguntou Gordon.

— Abandonar vocês?... Não, Gordon! — respondeu Doniphan. — Apenas Cross, Wilcox, Webb e eu fizemos o projeto de nos fixarmos em outra parte da ilha.

— E por quê, Doniphan?... — indagou Baxter.

— Porque queremos viver ao nosso modo e, falando francamente, porque não gostamos de receber ordens de Briant!

77

— Gostaria de saber o que tem a censurar-me, Doniphan! — perguntou Briant.

— Nada... a não ser estar na chefia de todos! — respondeu Doniphan. — Nós já tivemos um americano por chefe da colônia... Agora é um francês que nos comanda!... Só falta agora nomear Moko...

— Não está falando sério, está? — perguntou Gordon.

— O que é sério — respondeu Doniphan com tom altivo — é que, se agrada a nossos companheiros ter por chefe qualquer outro que não seja um inglês, isso não agrada nem a meus amigos nem a mim!...

— Seja! — respondeu Briant. — Wilcox, Webb, Cross e você, Doniphan, são livres para partir e levar a parte dos objetos aos quais têm direito!

— Nós nunca o duvidamos, Briant, e amanhã mesmo deixaremos a Gruta Francesa!

— Tomara que nunca se arrependam de tal ato! — acrescentou Gordon, compreendendo que qualquer insistência seria tempo perdido.

Doniphan tinha um projeto. Algumas semanas antes, ao fazer a narrativa de sua excursão através da parte oriental da ilha Chairman, Briant afirmara que a pequena colônia teria podido instalar-se ali em boas condições. As massas rochosas da costa continham numerosas cavernas, as florestas a leste do lago da Família confinavam com a praia, o rio do Leste fornecia água doce em abundância, a caça de pêlo e de penas pululava em suas margens, enfim, a vida ali devia ser tão fácil como na Gruta Francesa e muito mais do que o fora na baía de Sloughi. Por outro lado, a distância entre a Gruta Francesa e a costa não era senão de vinte quilômetros. Portanto, em caso de necessidade absoluta, seria fácil comunicar-se com a Gruta Francesa.

Foi depois de refletir seriamente em todas essas vantagens que Doniphan chamara Wilcox, Cross e Webb a virem estabelecer-se com ele no outro litoral da ilha.

Não era, porém, através do lago que Doniphan se propunha atingir a baía da Decepção. Descer a margem do lago da Família até a sua ponta meridional, contornar esta ponta, subir a margem oposta, a fim de atingir o rio do Leste, explorando região da qual nada se conhecia ainda, depois costear o curso de água no meio da floresta até sua embocadura, tal o itinerário que contava seguir. Seria percurso bastante longo mas o fariam como caçadores. Desse modo, Doniphan evitaria embarcar na canoa, cuja manobra teria exigido mão mais experimentada do que a sua. O bote de borracha, que iria levar, bastaria para atravessar o rio do Leste e, se preciso fosse, para transpor outros rios, caso os houvesse no leste da ilha.

Além do mais, esta primeira expedição não devia ter por objetivo senão reconhecer o litoral da baía da Decepção, a fim de escolher o local aonde Doniphan e seus três amigos viriam fixar-se definitivamente. Também, não querendo embaraçar-se com bagagens, resolveram levar apenas dois fuzis, quatro revólveres, duas machadinhas e munições em quantidade suficiente, linhas para pescar, mantas de viagem, uma das bússolas de bolso, o leve bote de borracha e somente algumas conservas, não duvidando que a caça e a pesca devessem complementar amplamente suas necessidades. Esta expedição — pensavam — não duraria senão de seis a sete dias. Quando tivessem feito a escolha da habitação, voltariam à Gruta Francesa e ali tomariam sua parte nos objetos provenientes do *Sloughi* dos quais eram legítimos possuidores e carregariam a carroça com esse material. Quando Gordon ou qualquer outro quisesse visitá-los, seriam bem recebidos. Mas, quanto a continuar compartilhando a vida em comum, nas condições atuais, recusavam-se terminantemente e a tal respeito não consentiriam em reconsiderar sua decisão.

No dia seguinte, ao erguer do sol, Doniphan, Cross, Webb e Wilcox despediram-se de seus camaradas, que se mostraram tristes por tal separação. Talvez estivessem mais comovidos do que deixavam transparecer, se bem que estivessem firmemente decididos a realizar seu projeto, no qual a teimosia tinha grande parte. Depois de atravessado o rio Zelândia com a canoa, que Moko trouxera de volta ao pequeno dique, eles se afastaram, sem se apressar muito, examinando ao mesmo tempo a parte inferior do lago da Família, que se estreitava pouco a pouco em direção à ponta e à imensa planície do brejo do Sul, cujo fim não se via nem para o sul nem para o oeste.

Durante o caminho foram mortas algumas aves. Doniphan, compreendendo que devia poupar suas munições, tinha-se limitado à caça necessária para alimentação do dia.

O céu estava encoberto, sem que houvesse ameaça de chuva, e a brisa parecia firme para o nordeste. Durante este dia, os quatro rapazes não fizeram mais do que doze quilômetros, e ao chegar, cerca de cinco horas da tarde, à extremidade do lago, detiveram-se a fim de passar a noite. Doniphan, Cross, Wilcox e Webb estavam agora longe de seus companheiros, dos quais nunca deviam ter-se separado, fosse qual fosse o motivo! Sentiam-se isolados? Talvez sim! Mas decididos a realizar seu projeto até ao fim, não pensavam senão em criar nova existência, em qualquer outro ponto da ilha Chairman.

No dia seguinte, depois de noite bastante fria, que fogueira alimentada até ao alvorecer tinha tornado suportável, prepararam-se para partir. A ponta meridional do lago da Família desenhava-se num ângulo muito agudo no ponto em que as duas margens se encontravam, das quais a da direita subia quase perpendicularmente para o norte. A leste, a região era ainda pantanosa, se bem que a água não inundasse o solo herboso, elevado acima do nível do lago. Tumescências relvosas sombreadas por árvores delgadas acidentavam-no. Como a região parecia formada principalmente de dunas, Doniphan deu-lhe o nome de Terra das Dunas. Depois, não querendo lançar-se através do desconhecido, decidiu continuar seguindo a margem para atingir o rio do Leste e a parte do litoral já conhecida por Briant. Voltariam mais tarde a explorar a Terra das Dunas até à costa. Antes de se porem a caminho, entretanto, discutiram entre si sobre o assunto.

— Se as distâncias estão marcadas com exatidão no mapa — disse Doniphan — devemos encontrar o rio do Leste a sete milhas no máximo da ponta do lago e poderemos, sem muito esforço, atingi-lo à tardinha.

— E por que não rumar logo ao nordeste, de modo a encontrar o rio na direção de sua embocadura? — sugeriu Wilcox.

— De fato, isso nos pouparia um terço do caminho — acrescentou Webb.

— Sem dúvida — respondeu Doniphan, — mas para que aventurar no meio de território pantanoso que não conhecemos, expondo-nos a ter de voltar? Seguindo o lago, ao contrário, há muitas probabilidades de que nenhum obstáculo nos barre o caminho

— E, depois, nós temos interesse em explorar o curso do rio do Leste — acrescentou Cross.

— Evidentemente — afirmou Doniphan, — pois esse rio estabelece comunicação direta entre a costa e o lago da Família. Aliás, descendo-o, teremos de visitar a parte da floresta que ele atravessa.

Isto combinado, se puseram a caminho. Estreita passagem elevava-se acima do nível do lago e da longa planície de dunas que se estendia para a direita. Como o solo subia sensivelmente, era de supor que o aspecto da região mudasse inteiramente um pouco adiante. Perto de onze horas, Doniphan e seus companheiros detiveram-se para o almoço à beira de pequena enseada sombreada por grandes faias. Dali, até ao ponto mais distante que a vista podia alcançar na direção do leste, não havia senão massa confusa de verdura, encobrindo o horizonte.

O almoço foi uma cutia, abatida durante a manhã por Wilcox, do qual Cross, encarregado de substituir Moko como cozinheiro, desincumbiu-se razoavelmente. Depois de gastar o tempo justo para fazer grelhados sobre brasa, de devorálos, e matar a sede ao mesmo tempo em que a fome, Doniphan e seus companheiros seguiram pela margem do lago da Família. A floresta, cuja orla contornava o lago, era sempre formada pelas mesmas espécies que havia no bosque das Armadilhas, na parte ocidental. Apenas as árvores de folhagem permanente ali cresciam em maior número. Contava mais pinheiros marítimos, abetos, azinheiras do que bétulas e faias, todas, porém, soberbas por suas dimensões.

Doniphan pôde verificar também — para sua grande satisfação, — que a fauna não era menos variada naquela parte da ilha. Os guanacos e as vicunhas mostraram-se por várias vezes, bem como um bando de emas, que se afastaram depois de se acalmarem. Os marás, os coelhos, os pecaris e a caça de penas pululavam nas matas.

Às seis horas da tarde aproximadamente foi preciso parar. Naquele lugar, a margem estava cortada por um curso de água que servia de escoadouro do lago. Devia ser — e era de fato — o rio do Leste. Isto foi fácil de verificar — como fez Doniphan, — porque sob um grupo de árvores, ao fundo de estreita enseada, jaziam os vestígios recentes de acampamento, isto é, cinzas de fogueira. Fora ali que Briant, Jacques e Moko tinham acampado durante sua excursão à baía da Decepção, onde tinham passado sua primeira noite. E ali, também, eles acamparam. E, talvez, vendo-se ali, longe da confortável moradia da Gruta Francesa, onde deviam ter ficado, Cross, Wilcox e Webb tivessem algum pesar de haverem tomado tal resolução. Mas agora sua sorte estava ligada à de Doniphan, que era demasiado vaidoso para reconhecer seus erros, demasiado teimoso para renunciar a seus projetos e demasiado invejoso para consentir em curvar-se perante seu rival. Ao nascer do dia, Doniphan propôs atravessar imediatamente o rio do Leste.

— Será outro tanto, certamente — disse ele, — e o dia nos bastará para atingir a embocadura, que não fica a mais de três quilômetros.

— E depois — observou Cross, — foi na margem esquerda que Moko capturou os pombos. Também faremos provisões durante o caminho.

Doniphan dirigiu-se para a margem oposta, arrastando uma corda pela popa.

O bote de borracha foi desdobrado e logo que foi posto na água, Doniphan dirigiu-se para a margem oposta, arrastando uma corda pela popa. Com algumas remadas, transpôs rapidamente o rio. Depois, puxando a corda, Wilcox, Webb e Cross trouxeram de novo o pequeno barco para trás, no qual passaram sucessivamente para a outra margem. Terminada a travessia, Wilcox esvaziou o bote, fechou-o como saco de viagem, colocou-o sobre as costas e retomaram o caminho. Sem dúvida, teria sido menos fatigante ir de canoa pela corrente do rio do Leste, como Briant, Jacques e Moko haviam feito. Mas o bote de borracha não podia levar mais do que uma pessoa e foi preciso renunciar a tal meio de locomoção.

O dia foi muito penoso. A espessura da floresta, seu solo eriçado de vegetação cerrada, semeado de galhos abatidos pelas últimas borrascas, vários brejos que tiveram de ser contornados com dificuldade, retardaram a chegada ao litoral. Durante o caminho Doniphan pôde verificar que o náufrago francês parecia não ter deixado traços de sua passagem naquela parte da ilha, como sob os maciços do bosque das Armadilhas. E, entretanto, não havia dúvida que tinha explorado, pois seu mapa indicava exatamente o curso do rio do Leste até a baía da Decepção.

Um pouco antes do meio-dia, foi feita parada para o almoço, precisamente no local onde cresciam os pinhões. Cross colheu certa quantidade. Depois, durante duas milhas ainda, tiveram que se esgueirar por entre tufos de espinheiros e abrir caminho a machado, a fim de não se distanciarem do curso de água. Em conseqüência desses atrasos, o extremo limite da floresta não foi ultrapassado senão cerca de sete horas da tarde. Chegando a noite, Doniphan não pôde reconhecer a disposição do litoral. Ficou decidido que se faria parada naquele local, a fim de dormirem ao relento. Para a noite próxima, a costa oferecia, sem dúvida, abrigo melhor, numa das cavernas vizinhas à embocadura do rio.

Uma vez instalado o acampamento, foi servida a ceia, que se compôs de algumas galinholas assadas nas brasas de uma fogueira feita de galhos secos de pinheiro apanhados por baixo das árvores. Por prudência o fogo seria mantido até o dia seguinte e, durante as primeiras horas, foi Doniphan que se encarregou de tal cuidado.

Wilcox, Cross e Webb, estendidos sob a ramagem de grande pinheiro, muito fatigados da longa jornada, adormeceram imediatamente. Doniphan teve que lutar para também não cair no sono. Resistiu no entanto. Mas, chegado o momento em que devia ser substituído por um dos companheiros, todos estavam mergulhados em sono tão profundo que ele decidiu não acordar ninguém.

A floresta estava tranqüila nas vizinhanças do acampamento. A segurança não devia ser ali menor do que na Gruta Francesa. Depois de ter atirado algumas braçadas de madeira ao fogo, Doniphan veio estender-se ao pé da árvore. Ali, seus olhos se fecharam imediatamente para não se reabrirem senão no momento em que o sol subia no largo horizonte do mar que se desenhava no começo do céu.

6

DOIS NÁUFRAGOS NA PRAIA

O primeiro cuidado de Doniphan, Wilcox, Webb e Cross foi descerem a margem do curso de água até a sua embocadura. Dali seus olhares estenderam-se avidamente sobre aquele mar que viam pela primeira vez. Não estava menos deserto do que no litoral oposto.

— No entanto — observou Doniphan, — se a ilha Chairman não está distante do continente americano, os navios que saem do estreito de Magalhães e sobem para os portos do Chile e do Peru devem passar pelo leste! Mais uma razão para nos fixarmos na costa da baía da Decepção e, embora Briant a tenha denominado assim, espero que ela não justifique por muito tempo tal nome de mau agouro.

Talvez, ao fazer esta observação, Doniphan procurasse desculpas ou pretextos para o seu rompimento com os colegas da Gruta Francesa. Todavia, tudo bem considerado, era por esta parte do Pacífico, ao oriente da ilha Chairman, que deviam aparecer com maior probabilidade navios com destino aos portos da América do Sul.

Depois de observar o horizonte, com seu binóculo, Doniphan quis visitar a embocadura do rio do Leste. Assim, como fizera Briant, seus companheiros e ele observaram que a natureza criara ali pequeno porto, muito abrigado contra o vento e as vagas. Se a escuna tivesse dado à costa naquele lado da ilha Chairman, teria sido possível evitar o encalhe, guardando-a intacta para o repatriamento dos jovens colonos.

Atrás das rochas que formavam o porto, acumulavam-se as árvores da floresta, que se estendia não somente até o lago da Família mas também para o norte, onde o olhar não encontrava senão horizonte de verdura. Quanto às cavernas, cavadas nas massas graníticas do litoral, Briant não havia exagerado. Doniphan não teria embaraço para a escolha. Todavia, pareceu-lhe conveniente não se afastar das margens do rio do Leste e, em breve, encontrou galeria revestida de fina areia com cantos e recantos, na qual o conforto não estaria menos garantido do que na Gruta Francesa. A caverna seria suficiente para toda a colônia, pois compreendia uma série de cavidades anexas, onde seria fácil fazer outras tantas salas distintas.

O dia foi empregado em visitar a costa. Doniphan e Cross atiraram em algumas perdizes, enquanto Wilcox e Webb pescavam nas águas do rio do Leste, a cem passos acima da embocadura. Pescaram seis peixes do gênero daqueles que subiam o curso do rio Zelândia e, entre outros, duas percas de belas dimensões. Os mariscos formigavam também nos recifes que, ao nordeste, protegiam o porto contra as vagas do largo. As amêijoas e as lapas eram ali abundantes e de boa qualidade. Haveria, portanto, moluscos ao alcance da mão, assim como peixes do mar que deslizavam entre as grandes algas enrodilhadas ao pé do escolho.

Quando de sua exploração na embocadura do rio do Leste, Briant subira a uma alta rocha, semelhante a urso gigantesco. Doniphan foi igualmente surpreendido por sua forma singular. Por isso, deu o nome de Pedra do Urso ao pequeno porto que era dominado pela rocha,

Durante a tarde, Doniphan e Wilcox subiram na Pedra do Urso, a fim de ter ampla visão da baía. Mas não viram nem navio, nem terra. Não avistaram aquela mancha esbranquiçada que chamara a atenção de Briant ao nordeste, fosse porque o sol já estivesse baixo, ou fosse porque tal mancha não existisse e Briant tivesse sido vítima de ilusão de ótica.

À tardinha, os rapazes jantaram sob um grupo de soberbos olmeiros, cujos ramos baixos se debruçavam sobre o curso do rio.

87

Então falaram sobre a conveniência de voltar imediatamente à Gruta Francesa, a fim de trazer os objetos necessários a uma instalação definitiva na caverna da Pedra do Urso.

— Penso — disse Webb — que não devemos tardar, pois o percurso pelo sul do lago da Família levará alguns dias!

— Mas — observou Wilcox — quando retornarmos, não seria melhor atravessar o lago, a fim de descer o rio do Leste até sua embocadura? Se Briant já fez com a canoa, por que não o faremos nós?

— Seria ganhar tempo e isso nos pouparia muitas fadigas! — acrescentou Webb.

— O que você acha, Doniphan? — perguntou Cross.

Doniphan refletia sobre a proposta que oferecia vantagens reais.

— Tem razão, Wilcox, se a canoa for conduzida por Moko...

— Com a condição de Moko querer — observou Webb em tom de dúvida.

— E por que não quereria? — acudiu Doniphan. — Não tenho o direito de dar-lhe ordens como Briant?

— Seria preciso que ele obedecesse! — exclamou Cross. — Se formos obrigados a transportar por terra todo o nosso material, isso não terminará nunca! Ainda digo mais: talvez a carroça não encontre passagem através da floresta. Portanto, devemos servir-nos da canoa...

— E se nos recusarem a canoa? — insistiu Webb.

— Recusar? — exclamou Doniphan. — E quem recusaria?...

— Briant! Ele não é o chefe da colônia?

— Briant... recusar?!... — disse Doniphan. — Será que a embarcação pertence mais a ele do que a nós?... Se Briant recusar...

Doniphan não acabou, mas sentia-se que nem neste ponto nem sobre qualquer outro o imperioso menino se submeteria às exigências de seu rival. Finalmente, como observou Wilcox, seria inútil discutir a tal respeito. Em sua opinião, Briant proporcionaria a seus colegas toda a facilidade de se instalarem na Pedra do Urso e não valia a pena quebrar a cabeça. Faltava decidir se voltariam imediatamente à Gruta Francesa.

— Parece-me indispensável! — disse Cross.

— Então, amanhã?... — sugeriu Webb.

— Não! — respondeu Doniphan. — Antes de partir, gostaria de ir além da baía, a fim de fazer reconhecimentos na parte norte da ilha. Em quarenta e oito horas poderemos estar de volta à Pedra do Urso, depois de ter atingido a ponta setentrional. Quem sabe se não haverá naquela direção alguma terra que o náufrago francês não notou e, portanto, não consta em seu mapa?

A observação era justa. Assim, embora o projeto devesse prolongar a ausência por dois ou três dias, foi decidido pô-lo em execução sem demora.

No dia seguinte, catorze de outubro, Doniphan e seus três amigos partiram pela madrugada e tomaram a direção do norte sem deixar o litoral. Numa extensão de seis quilômetros aproximadamente as massas rochosas estendiam-se entre a floresta e o mar, deixando em sua base apenas uma praia arenosa da largura de quarenta metros.

Ao meio-dia, os jovens, depois de ultrapassarem o último rochedo, detiveram-se para almoçar. Naquele local, segundo curso de água lançava-se na baía. Mas, pela sua direção, sudoeste a noroeste, havia razão de supor que não saía do lago. As águas, lançadas por ele em estreita enseada, deviam ser recolhidas ao atravessar a região da ilha. Doniphan chamou-o arroio do Norte e, em realidade, não merecia a qualificação de rio. Com algumas remadas, o bote de borracha poderia transpô-lo e atingir a floresta, cujo limite era formado pela sua margem esquerda. Eram cerca de três horas. Seguindo o curso do arroio do Norte, Doniphan fora levado para o noroeste mais do que convinha, pois se tratava de alcançar a região setentrional. Ia, portanto, retomar a direção à direita, quando Cross, detendo-o, exclamou subitamente:

— Olhe, Doniphan, olhe!

89

Mostrava um vulto avermelhado que se agitava entre as grandes ervas e os juncos do arroio, sob a ramagem das árvores. Doniphan fez sinal a Webb e a Wilcox para não se mexerem. Depois, acompanhado de Cross, o fuzil preparado para a mira, deslizou sem ruído na direção da massa em movimento. Era um animal de grande porte e que se pareceria com rinoceronte, se sua cabeça tivesse cornos e se seu beiço superior fosse alongado.

Um tiro ecoou então, seguido de uma segunda detonação. Doniphan e Cross haviam atirado quase ao mesmo tempo. Evidentemente, à distância de sessenta metros, o chumbo não tinha produzido nenhum efeito sobre a pele espessa do animal, pois este, saindo fora dos juncos, transpôs rapidamente a margem e desapareceu na floresta.

Doniphan teve tempo de reconhecê-lo. Era um anfíbio perfeitamente inofensivo, uma anta, de pêlo marrom, um desses enormes tapires que se encontram mais habitualmente nas vizinhanças dos rios da América do Sul. Como nada se poderia fazer com o dito animal, não houve motivo para lamentar sua fuga, a não ser sob o ponto de vista do amor-próprio dos caçadores.

Naquele lado da ilha Chairman, estendiam-se a perder de vista massas verdejantes. A vegetação era prodigiosa e, como as faias cresciam aos milhares, o nome de floresta das Faias foi-lhe dado por Doniphan e registrado no mapa, bem como as denominações de Pedra do Urso e arroio do Norte, admitidas antes.

Ao cair da tarde, vinte quilômetros tinham sido transpostos. Mais outro tanto e os jovens exploradores alcançariam o norte da ilha. Isso seria tarefa para o dia seguinte.

Recomeçaram a marcha ao nascer do dia. Havia razão para urgência. O tempo ameaçava mudar. O vento, que soprava do Oeste, aumentava. Já as nuvens vinham do largo, embora se mantendo ainda em zona bastante elevada. Enfrentar o vento, mesmo se fosse de tempestade, não assustava os decididos rapazes. Mas o tufão, sempre acompanhado de chuvas torrenciais, iria ser fonte de enorme desconforto. Seriam constrangidos a suspender sua expedição, a fim de voltar ao abrigo da Pedra do Urso.

O tiro não tinha produzido efeito, pois o animal desapareceu na floresta.

Apressaram o passo, se bem que tivessem de lutar contra o vento que os pegava pelo lado. O dia foi extremamente penoso e anunciava noite péssima. Com efeito, forte tempestade assaltava a ilha e, às cinco horas da tarde, ecoaram trovões entre os clarões dos relâmpagos.

Doniphan e seus camaradas não recuaram. A idéia de que chegariam ao objetivo estimulava-os. Os maciços da floresta das Faias alongavam-se ainda. Teriam sempre o recurso de poder recolher-se sob as árvores. O vento desencadeava-se com demasiada violência e a chuva não causava receio. Por outro lado, a costa não devia estar longe.

Cerca de oito horas, ouviu-se o rumor das ondas, o que indicava a presença de banco de recifes ao largo da ilha Chairman.

O céu, entretanto, já velado por espessas condensações, encobria-se pouco a pouco. Para que o olhar alcançasse a distância sobre o mar, enquanto havia ainda luz no espaço, importava apressar a marcha. Além da orla de árvores, estendia-se uma praia, com a largura de quinhentos metros, sobre a qual as vagas brancas de espuma quebravam-se depois de se terem chocado com os recifes do norte.

Doniphan, Webb, Cross e Wilcox, embora muito fatigados, tiveram ainda força para correr. Queriam, ao menos, entrever aquela parte do Pacífico, enquanto durava ainda o dia. Seria mar sem limites ou, somente, estreito canal que separava a costa de algum continente ou de outra ilha?

Súbito, Wilcox, que se tinha adiantado um pouco, deteve-se. Com a mão, mostrava massa escura que se desenhava verticalmente sobre a praia. Seria animal marinho, um daqueles grandes cetáceos, um baleote ou uma baleia, encalhada na areia? Ou seria embarcação que ali fora parar na maré solta, depois de ser arrastada de além dos recifes?

Sim! Era uma embarcação inclinada sobre o lado de estibordo. E, aquém, perto do cordão de algas enroladas no limite da maré montante, Wilcox apontava dois corpos, deitados a alguns passos da embarcação. Doniphan, Webb e Cross detive-

92

Wilcox apontava dois corpos.

ram-se, de súbito. Depois, sem refletir, correram através da praia e chegaram diante dos dois corpos estendidos sobre a areia.

Então, tomados de pavor, sem pensar que podia ainda restar um pouco de vida àqueles corpos e que eles poderiam precisar de cuidados imediatos, voltaram precipitadamente à procura de refúgio sob as árvores.

A noite já estava escura, se bem que estivesse ainda iluminada por alguns relâmpagos que não tardaram a extinguir-se. No meio das trevas profundas, os roncos da borrasca redobravam com o fragor do mar encapelado. Que tempestade! As árvores estalavam por toda parte e havia perigo para aqueles que sob elas se abrigavam. Mas teria sido impossível acampar na praia, cuja areia, levantada pelo vento, cortava o ar como metralhadora. Durante toda a noite Doniphan, Wilcox, Webb e Cross ficaram naquele lugar e não puderam fechar os olhos um só instante. O frio os fez sofrer cruelmente, pois não puderam acender fogueira que se teria dispersado, com o risco de incendiar os galhos secos acumulados no solo. E, depois, a emoção mantinha-os acordados. Aquele barco... De onde viria?... Qual seria a nacionalidade daqueles náufragos?... Haveria então terras na vizinhança, já que a embarcação dava à costa da ilha? Ou viria de algum navio que acabava de soçobrar naquelas paragens, no auge da borrasca?

Essas diferentes hipóteses eram admissíveis e, durante os raros instantes de calmaria, Doniphan e Wilcox, apertados um contra o outro, compartilhavam-nas em voz baixa. Ao mesmo tempo, seus cérebros eram presos de alucinações e imaginavam ouvir gritos distantes quando o vento abrandava um pouco. Imaginavam que outros náufragos errariam pela praia. Mas nenhum apelo desesperado ecoava no meio da violência da tempestade. Agora, compreendiam que haviam errado em ceder àquele primeiro impulso de pavor! Queriam correr para os recifes, com o risco de serem derrubados pelas rajadas do vento!... Mas, no meio da noite negra, através de praia descoberta, varrida pela neblina da maré montante, como poderiam encontrar o local onde estava a embarcação tombada, o lugar onde os corpos jaziam sobre a areia?

Faltava-lhes ao mesmo tempo força física e moral. Desde que eram senhores de si mesmos, depois de se terem julgado homens, voltavam a ser crianças, em presença dos primeiros seres humanos que encontravam, após o naufrágio do *Sloughi*, e que o mar tinha jogado como cadáveres sobre sua ilha!

Finalmente, voltando-lhes o sangue-frio, compreenderam o que o dever lhes ordenava fazer. No dia seguinte, logo que o dia surgisse, voltariam à praia, fariam cova na areia e enterrariam os dois náufragos, depois de fazer uma prece pelo repouso de suas almas. Como a noite lhes pareceu interminável! Parecia, verdadeiramente, que a aurora não voltaria mais a dissipar-lhes os horrores! Não podiam consultar o relógio, pois o vento impedia que acendessem fósforos. Então, Wilcox teve uma idéia. Para dar corda no seu relógio, tinha que fazer doze voltas na chave para cada vinte e quatro horas, ou uma volta para cada duas horas. Ora, havia dado corda, aquela noite, às oito horas. Portanto, bastava-lhe fazê-lo novamente e contar o número de voltas. Foi o que fez e, tendo podido dar apenas quatro voltas, concluiu que deviam ser cerca de quatro horas da manhã. O dia, não tardaria a aparecer. De fato, logo depois, os primeiros alvores da manhã apareceram ao leste. A borrasca não tinha acalmado e, como as nuvens desciam para o mar, a chuva cairia antes que Doniphan e seus companheiros tivessem podido atingir o porto da Pedra do Urso.

Mas, antes de tudo, tinham que cumprir o seu dever para com os náufragos. Logo que o dia se filtrou através da massa de neblina acumulada ao largo, arrastaram-se sobre a praia, lutando contra a violência das rajadas. Por várias vezes, tiveram que se amparar mutuamente para não serem derrubados.

A embarcação estava encalhada perto de pequena duna de areia. Via-se pela conformação do solo que o fluxo da maré, acrescido pelo vento, devia tê-la ultrapassado. Mas os dois corpos, já não lá estavam... Doniphan e Wilcox avançaram ainda vinte passos sobre a praia... Nada!... Nem mesmo as pegadas, que, aliás, o refluxo teria certamente apagado.

— Estavam então vivos, já que puderam levantar-se — exclamou Wilcox.

— Onde estarão eles?... — perguntou Cross.

— Onde estarão? — perguntou Doniphan, mostrando o mar que se agitava furiosamente. — Lá para onde a maré os arrastou!

Doniphan foi então à orla do banco de recifes e passeou seu binóculo pela superfície do mar... Nem um cadáver! Os corpos dos náufragos haviam sido arrastados para o largo! Doniphan voltou para junto de Wilcox, Cross e Webb, que tinham ficado perto da embarcação. Talvez ali se encontrasse algum sobrevivente daquela catástrofe... Mas a embarcação estava vazia.

Era uma chalupa de navio mercante, coberta na proa e cuja quilha media pouco mais de dez metros. Não estava mais em estado de navegar, tendo o estibordo afundado na linha de flutuação pelos choques do encalhe. Uma ponta de mastro quebrado junto à carlinga, alguns farrapos de vela presos aos ganchos da amurada, pontas de cordas, era tudo o que restava de sua aparelhagem.

Quanto a provisões, a utensílios, a armas, nada nas arcas, nada sob o pequeno castelo da proa. Na popa, dois nomes indicavam a que navio havia pertencido, bem como o seu porto de origem

SEVERN — SÃO FRANCISCO

São Francisco! Um dos portos do litoral californiano!... O navio era de nacionalidade americana! E aquela parte da costa, sobre a qual os náufragos do *Severn* haviam sido jogados pela tempestade, era o mar que lhe limitava o horizonte.

Talvez ali se encontrasse algum sobrevivente da catástrofe.

7

BANDIDOS NA ILHA

As condições em que Doniphan, Webb, Cross e Wilcox haviam deixado a Gruta Francesa não foram esquecidas. Desde sua partida, a vida dos jovens colonos tornou-se bem triste. Com que profundo pesar todos tinham visto realizar-se esta separação, cujas conseqüências podiam ser tão desagradáveis no futuro! Certamente, Briant nada tinha de que se reprovar e, no entanto, talvez fosse ele o mais afetado, pois era por sua causa que a cisão se verificara. Em vão Gordon procurava consolá-lo.

— Eles voltarão, Briant, e mais cedo do que pensa. Por mais teimoso que seja Doniphan, as circunstâncias serão mais fortes do que ele. Antes do inverno, aposto que eles virão ao nosso encontro na Gruta Francesa!

Briant, sacudindo a cabeça, nada ousava responder. Seria possível que as circunstâncias tivessem por resultado devolver os ausentes. Mas, então, seria por que as circunstâncias se tinham tornado bem graves.

"Antes da volta do inverno!" — dissera Gordon. Os jovens colonos estariam condenados a passar o terceiro inverno na ilha Chairman? Nenhum socorro lhes chegaria?

O balão-sinal, erguido a sessenta metros acima do nível da ilha, não devia ser visível senão em raio muito restrito. Assim, depois de ter tentado em vão estabelecer com Baxter o plano de uma embarcação capaz de manter-se no mar, Briant foi levado a procurar meio de içar algum sinal a altura maior.

Muitas vezes falava sobre isso e um dia disse a Baxter que não acreditava impossível empregar um papagaio para tal fim.

— Temos lona e corda — acrescentou, — e, dando ao aparelho dimensões suficientes, planará bem alto, a uns trezentos metros, por exemplo!

— Exceto nos dias em que não houver brisa — observou Baxter.

— Esses dias são raros — respondeu Briant. — Salvo esse caso, depois de fixado ao solo pela extremidade da corda, seguirá por si mesmo as mudanças da brisa e nós não teríamos que nos inquietar com sua direção.

— É tentar, — disse Baxter.

— Além disso — replicou Briant, — se tal papagaio fosse visível durante o dia, a grande distância — talvez mais de cem quilômetros, — ele o seria também durante a noite se lhe amarrássemos um dos nossos faróis à cauda ou à carcaça!

A idéia de Briant não deixava de ser prática. A execução não preocupava os jovens, que já tinham lançado milhares de vezes papagaios nas praias de Nova Zelândia.

Quando o projeto de Briant foi conhecido, causou alegria geral. Os pequenos, sobretudo Jenkins, Iverson, Dole e Costar, tomaram a coisa pelo lado divertido e exultaram ao pensamento de um papagaio que ultrapassaria tudo quanto tinham visto até então. Que prazer seria puxar a corda bem esticada, enquanto ele planaria nos ares!

— Vamos pôr-lhe uma grande cauda! — dizia um.

— E grandes orelhas! — lembrava outro.

— Vamos pintar por cima um polichinelo magnífico que vai espernear lá em cima!

— E lhe enviaremos telegramas.

Onde os meninos viam uma brincadeira, havia idéia muito séria e era admissível esperar que produzisse bons resultados. Baxter e Briant puseram-se à obra, dois dias após Doniphan e seus três companheiros haverem abandonado a Gruta Francesa.

— Ora! — exclamou Service. — Eles que vão arregalar os olhos, quando perceberem nosso sinal aéreo. Que pena que meus robinsons nunca tiveram a idéia de soltar papagaios!

— Será que se poderá vê-lo de todos os pontos de nossa ilha? — perguntou Garnett.

— Não somente de nossa ilha — respondeu Briant, — mas de grande distância, pelas vizinhanças.

— E de Auckland se verá?... — exclamou Dole.

— Oh! Não, infelizmente! — respondeu Briant sorrindo diante desta idéia. — Além disso, quando Doniphan e os outros o virem, talvez isso os induza a voltar!

Como se vê, o sincero rapaz só pensava nos ausentes e desejava que a funesta separação terminasse o mais breve possível.

Aquele dia e os dias seguintes foram empregados na construção do papagaio, ao qual Baxter propôs dar forma octogonal. A armação, leve e resistente, foi feita com uma espécie de junco muito rígido que crescia nas bordas do lago da Família. Era bastante forte e resistiria ao vento comum. Sobre a armação Briant mandou estender panos ligeiros, cobertos de borrachas, que serviam para cobrir as clarabóias da escuna, tão impermeáveis que o vento não podia filtrar através de sua tessitura. Como cordel, seria empregada linha comprida, de seiscentos metros pelo menos, de fios muito unidos, que era usada para pôr a barquilha a reboque e capaz de suportar tensão considerável.

Não é preciso dizer que o aparelho seria equipado com cauda magnífica, destinada a mantê-lo em equilíbrio, quando estivesse inclinado sobre as camadas de ar. Estava tão solidamente construído que poderia sem muito perigo, suspender qualquer um dos jovens colonos nos ares! Mas não se tratava disso e bastava que fosse bastante sólido para resistir a ventos fortes, bem largo para atingir certa altura, e o suficientemente grande para ser avistado num raio de cem quilômetros.

É evidente que tal papagaio não poderia ser sustentado pela mão. Sob a ação do vento, arrastaria todo o pessoal da

A armação, leve e resistente, foi feita com junco rígido.

colônia. Assim, a corda devia estar enrolada num dos cabrestantes da escuna, o qual foi levado para o meio do Terraço dos Esportes e fortemente fixado ao solo, a fim de resistir à tração do Gigante dos Ares — nome que as crianças escolheram de comum acordo.

Tendo sido terminado o trabalho no dia quinze à tarde, Briant transferiu para o dia seguinte, durante à tarde, o seu lançamento, que seria assistido por todos os companheiros.

Mas, no dia seguinte, foi impossível proceder à experiência. Desencadeara-se tempestade e o aparelho teria sido imediatamente feito em pedaços se tivesse subido. Fora a mesma tempestade que pegara Doniphan e seus companheiros na parte setentrional da ilha, ao mesmo tempo em que arrastava a chalupa e os náufragos americanos contra os recifes do norte, aos quais foi atribuído mais tarde o nome de Recifes do Severn. No outro dia — dezesseis de outubro, — se bem que tivesse acalmado um pouco, o vento era ainda demasiado violento e Briant não quis lançar seu aparelho aéreo. Mas como o tempo se modificou depois do meio-dia, graças à direção do vento, que decresceu sensivelmente ao passar para o sudeste, a experiência foi transferida para o outro dia. Finalmente, chegou o dia dezessete de outubro, data que teria lugar importante nos anais da ilha Chairman.

A manhã foi consagrada aos últimos preparativos que duraram ainda uma hora após o almoço. Depois, todos foram para o Terraço dos Esportes.

— Que idéia formidável teve Briant de construir este aparelho! — repetia Iverson e os outros, batendo palmas.

Era uma hora e trinta minutos. O aparelho, estendido no solo, a longa cauda desdobrada, ia ser solto ao vento e aguardava-se o sinal de Briant, quando este suspendeu a manobra. Naquele momento, de fato, sua atenção era desviada por Fido, que se lançava precipitadamente para o lado da floresta. Soltava latidos tão lamentosos, tão estranhos, que havia motivo para surpresa.

102

— Que há Fido? — perguntou Baxter.

— Será que sentiu algum animal sob as árvores? — indagou Gordon.

— Não! Latiria de outro modo!

— Vamos ver!... — exclamou Service.

— Mas não desarmados! — acrescentou Briant.

Service e Jacques correram à Gruta Francesa, donde voltaram cada um com um fuzil carregado.

— Venham! — chamou Briant.

E todos três, acompanhados de Gordon, dirigiram-se para a orla do bosque das Armadilhas. Fido já o havia transposto e, embora não fosse mais visto, era ouvido sempre.

Briant e seus camaradas tinham dado cinqüenta passos apenas, quando perceberam o cão detido diante de uma árvore, ao pé da qual jazia uma forma humana. Era uma mulher. Estava estendida, imóvel, como morta. Seus trajes — saia grossa, blusa idêntica, xale de lã marrom amarrado na cintura — pareciam ainda em muito bom estado. Sua fisionomia trazia estampadas as marcas de grande sofrimento, se bem que fosse de constituição robusta, devendo contar entre quarenta a quarenta e cinco anos. Esgotada de fadiga, de fome talvez, perdera os sentidos, mas leve sopro saía de seus lábios. Foi grande a emoção dos jovens colonos na presença da primeira criatura humana que encontraram desde sua chegada à ilha Chairman!

— Ela respira!... Ela respira! — exclamou Gordon. — Sem dúvida a fome, a sede...

Jacques correu logo à Gruta Francesa, de onde trouxe um pouco de biscoitos e um odre de licor. Briant, então, curvado sobre a mulher, entreabriu-lhe os lábios cerrados e conseguiu introduzir-lhe na boca algumas gotas da bebida. Ela moveu-se e ergueu as pálpebras. Imediatamente, seu olhar animou-se à vista daqueles meninos reunidos à sua volta... Depois levou avidamente à boca o pedaço de biscoito. Via-se que a infeliz morria mais de inanição do que de fadiga. Mas quem era aquela mulher? Seria possível trocar algumas palavras com ela e compreendê-la?...

A desconhecida levantara-se e pronunciara estas palavras em inglês:

— Obrigada... meus filhos... obrigada...

Meia hora mais tarde, Briant e Baxter haviam-na colocado no salão. Ali, ajudados por Gordon e Garnett, proporcionaram-lhe todos os cuidados que exigia seu estado. E tão logo ela se sentiu reanimada, apressou-se a contar sua história.

Era americana e vivera muito tempo nos territórios do oeste dos Estados Unidos. Chamava-se Catarina Ready ou mais simplesmente Cate. Havia vinte anos exercia as funções de governanta da família William R. Penfield, que morava em Âlbani, capital do Estado de Nova Iorque.

Um mês antes, o casal Penfield, querendo ir ao Chile, onde morava um de seus parentes tinha vindo a São Francisco, principal porto da Califórnia, para embarcar num navio mercante, o *Severn*, comandado pelo capitão John F. Turner. Este navio destinava-se a Valparaíso e os Penfields embarcaram, juntamente com Cate, que fazia, por assim dizer, parte da família.

O *Severn* era um bom navio e teria feito, sem dúvida, excelente travessia se os oito homens de sua equipagem, recentemente recrutados, não fossem miseráveis da pior espécie. Nove dias depois da partida, um deles, Walston, ajudado por seus companheiros Brandt, Rock, Henley, Cook, Forbes, Cope e Pike, provocaram uma revolta na qual o capitão Turner e seu imediato. foram mortos ao mesmo tempo em que os Penfields.

O objetivo dos assassinos, depois de se apossarem do navio, era empregá-lo no tráfico de negros, que se operava ainda com algumas províncias da América do Sul.

Duas pessoas a bordo, somente, tinham sido poupadas: Cate, em favor da qual intercedera o marinheiro Forbes,

104

Briant deu-lhe um pouco de licor.

menos cruel que seus cúmplices; e o mestre do *Severn*, homem de cerca de trinta anos, chamado Evans, que era necessário para dirigir a embarcação.

Aquelas cenas horríveis tinham ocorrido na noite de sete para oito de outubro, quando o *Severn* se encontrava a duzentas milhas aproximadamente da costa chilena.

Ameaçado de morte, Evans foi obrigado a manobrar para dobrar o cabo Horn, a fim de atingir região do oeste da África.

Mas, alguns dias depois — nunca se soube a que causa atribuir, — começou um incêndio a bordo. Em poucos instantes, sua violência foi tal que foram vãs todas as tentativas de Walston e seus companheiros para salvar o *Severn* de destruição completa. Um deles, Henley, morreu ao precipitar-se ao mar para escapar do fogo. Foi preciso abandonar o navio, jogar às pressas na chalupa algumas provisões, armas e munições e afastar-se no momento em que o *Severn* soçobrava no meio das chamas.

A situação dos náufragos era extremamente crítica, pois duzentas milhas separavam-nos das terras mais próximas. Seria apenas justiça, em verdade, se a chalupa tivesse afundado com os bandidos que carregava, se Cate e o mestre Evans não estivessem a bordo.

No dia seguinte, violenta tempestade se desencadeou o que tornou a situação mais terrível. Mas, como o vento soprava do largo, foi arrastada para a ilha Chairman. E na noite de quinze para dezesseis, depois de haver rolado pela superfície dos escolhos, veio encalhar na praia, tendo seu arcabouço em parte quebrado e os bordos destruídos.

Walston e seus companheiros, esgotados por longa luta contra a tempestade e com as provisões em parte consumidas, não podiam mais de frio e de fadiga. Assim, estavam mais ou menos inanimados quando a chalupa aproximou-se dos recifes. Uma vaga arrastou então cinco deles, um pouco antes do encalhe, e, alguns instantes depois, os dois outros foram projetados sobre a areia, enquanto Cate caía do lado oposto da embarcação.

106

Os dois homens ficaram muito tempo inanimados, como Cate também o estava. Tendo em breve voltado a si, Cate teve o cuidado de permanecer imóvel, se bem que devesse pensar que Walston e os outros tivessem morrido. Aguardava que nascesse o dia, para procurar assistência naquela terra desconhecida, quando, cerca de três horas da manhã, ouviu passos sobre a areia, perto da chalupa.

Eram Walston, Brandt e Rock que conseguiram se salvar da vaga antes do encalhe. Atravessando o banco de recifes e atingido o local onde jaziam seus companheiros Forbes e Pike, apressaram-se em trazê-los à vida. Depois, confabularam, enquanto o mestre Evans os esperava a algumas centenas de passos, sob a guarda de Cope e Rock. Cate ouvira o que conversavam.

— Onde estamos? — perguntou Rock.

— Não sei! — respondeu Walston. — Pouco importa! Não vamos ficar aqui, desçamos para o leste! Saberemos arranjar-nos quando o dia surgir!

— E nossas armas?... — disse Forbes.

— Estão aqui com as munições intactas! — informou Walston.

E da arca da chalupa saíram cinco fuzis e vários pacotes de cartuchos.

— É pouco — acrescentou Rock — para nos defendermos neste país de selvagens!

— Onde está Evans?... — perguntou Brandt.

— Evans está ali — respondeu Walston, — vigiado por Cope e Rock. É preciso que ele nos acompanhe de boa ou má-vontade. Se resistir, eu me encarrego de trazê-lo à razão!

— Que aconteceu com Cate?... — disse Rock. — Será que conseguiu salvar-se?

— Cate?... — respondeu Walston. — Nada há a temer por ela! Eu a vi saltar por cima da borda, antes da chalupa encalhar na areia, ela se afogou.

107

— Que alívio, finalmente?... — desabafou Rock. — Ela sabia um bocado demais a nosso respeito.

— Não o saberia por muito tempo! — sentenciou Walston, sobre cujas intenções não havia dúvidas.

Cate, que tudo ouvira, estava decidida a fugir depois da partida dos marinheiros do *Severn*.

Decorridos alguns instantes, Walston e seus companheiros, amparando Forbes e Pike, cujas pernas não estavam muito sólidas afastavam-se no momento em que a borrasca estava no auge da violência, levando armas e provisões. Tão logo se encontraram a distância regular, Cate levantou-se. Era já tempo, pois a maré montante alcançava a praia e, em breve, ela seria arrastada pelo fluxo.

Compreende-se agora por que Doniphan, Wilcox, Webb e Cross, quando voltaram para cumprir os últimos deveres para com os náufragos, encontraram o lugar vazio. Já Walston e seu bando tinham descido para a direção do leste, enquanto Cate, tomando o lado oposto, dirigia-se, sem o saber, para a ponta setentrional do lago da Família. Chegou na tarde de dezesseis, esgotada pela fadiga e pela fome. Algumas frutas selvagens foi tudo o que teve para alimentar-se. Seguiu então a margem esquerda, caminhou a noite toda, e na manhã do dia dezessete veio cair no local onde Briant a tinha encontrado meio morta.

Tais eram os grandes acontecimentos narrados por Cate. A ilha Chairman, onde os jovens colonos tinham vivido em completa segurança até então, tinha sido ocupada por sete homens capazes de todos os crimes. Se descobrissem a Gruta Francesa hesitariam em atacá-la? Não! Teriam interesse em apossar-se de seu material, levar suas provisões, suas armas, suas ferramentas sobretudo, sem as quais lhes seria impossível pôr a chalupa do *Severn* em estado de navegar. E, neste caso, que resistência poderiam opor Briant e seus amigos, dos quais os mais velhos não tinham mais do que quinze anos e os menores dez apenas? Se Walston demorasse na ilha, não havia dúvida que seria de

108

esperar-se agressão de sua parte! Briant pensava na situação. Se o futuro apresentava tais perigos, Doniphan, Wilcox, Webb e Cross eram os primeiros ameaçados. Efetivamente, como poderiam eles precaver-se, se ignoravam a presença dos náufragos do *Severn* na ilha Chairman e, precisamente, na parte do litoral que exploravam naquele momento? Bastaria um tiro dado por um deles para que sua situação fosse revelada a Walston. E, então, todos tombariam sob as mãos dos bandidos, dos quais nenhuma piedade era de esperar!

— É preciso ir ao seu socorro — disse Briant. — E que estejam prevenidos antes de amanhã.

— E trazidos à Gruta Francesa! — acrescentou Gordon. — Mais do que nunca importa que estejamos reunidos, a fim de tomar medidas contra ataque desses malfeitores!

— Sim! — continuou Briant. — E já que é preciso que nossos companheiros voltem, eles voltarão!... Eu irei buscá-los!

— Você, Briant?

— Eu, Gordon!

— E como?

— Irei de canoa com Moko. Em poucas horas atravessaremos o lago e desceremos o rio do Leste como já fizemos. Existem todas as probabilidades de os encontrarmos na embocadura...

— Quando pensa seguir?...

— Esta noite — respondeu Briant — quando a escuridão permitir atravessar o lago sem sermos vistos.

— Vou com você, irmão... — disse Jacques.

— Não! — negou Briant. — É indispensável que possamos vir todos na canoa e não há lugar para seis!

— Então, está decidido?... — indagou Gordon.

— Decidido! — confirmou Briant.

Não se tratava mais de fazer subir o papagaio nos ares. Seria imprudência. Não seria aos navios — se passassem ao largo — que eles assinalariam a presença dos jovens colo-

109

nos. Seria a Walston e a seus cúmplices. Por esta razão, Briant julgou conveniente fazer descer o mastro dos sinais, erguido na crista da colina Auckland.

Até a tarde, todos ficaram fechados no salão. Cate ouvira a narrativa de suas aventuras. A boa mulher deixara de pensar em si mesma para pensar neles. Se teriam que permanecer juntos na ilha Chairman, ela seria sua criada devotada, cuidaria deles, amá-los-ia como mãe.

Em homenagem a seus romances prediletos, Service propôs que a chamassem de Sextina — como Crusoé tinha feito a seu grande companheiro, — pois fora precisamente numa sexta-feira que Cate tinha chegado à Gruta Francesa.

— Esses malfeitores — acrescentou — são como os selvagens de Robinson! Há sempre um momento em que os selvagens chegam e sempre um momento em que se alcança o fim!

Às oito horas, os preparativos da partida estavam acabados. Moko, cujo devotamento não recuava diante de qualquer perigo, regozijava-se de acompanhar Briant naquela expedição.

Ambos embarcaram, munidos de algumas provisões e armados, cada um com revólver e facão. Depois de terem dito adeus a seus companheiros, que os viram distanciar-se com o coração apertado, desapareceram em breve nas sombras do lago da Família. Ao pôr-do-sol, levantou-se vento leve que soprava do norte e, se conseguisse se manter, serviria à canoa tanto na ida como na volta.

Em todo caso, a brisa era favorável para a travessia do oeste a leste. A noite estava muito escura — circunstância feliz para Briant, que queria passar despercebido. Dirigindo-se pela bússola, tinha certeza de alcançar a margem oposta. Toda a atenção de Briant e de Moko estava naquela direção onde eles temiam perceber algum fogo — o que indicaria provavelmente a presença de Walston e de seus companheiros, pois Doniphan deveria mais certamente ter acampado no litoral da embocadura do rio do Leste.

Doze quilômetros foram feitos em duas horas. A canoa não sofrera muito com o vento, se bem que tivesse aumentado. A embarcação encostou perto do local onde o fizera na primeira vez e teve que contornar a margem a fim de chegar ao estreito canal pelo qual as águas do lago se escoavam no rio. Isto levou certo tempo. O vento estava de frente e foi preciso usar os remos. Tudo parecia tranqüilo sob o arvoredo, cujos galhos debruçavam-se sobre a água. Nem um estalido, nem um uivo nas profundezas da floresta, nem fogo suspeito sob os grandes maciços de verdura.

Entretanto, perto de dez e meia, Briant, que estava sentado à popa da canoa, pegou o braço de Moko. A cem metros sobre a margem direita, um fogo extinto projetava sua luz agonizante através da sombra. Quem teria ali acampado?... Walston ou Doniphan?... Era preciso esclarecer isto antes de meter-se na corrente do rio.

— Encoste, Moko — disse Briant.

— O senhor não quer que o acompanhe, senhor Briant? — perguntou Moko em voz baixa.

— Não. Mais vale que eu esteja só! Há menos risco de ser visto ao aproximar-me!

A canoa encostou-se à borda e Briant saltou em terra, depois de ter recomendado Moko que o esperasse. Segurava o facão e trazia à cintura o revólver, do qual só se serviria em último caso, a fim de agir sem ruído. Depois de subir a margem, o corajoso rapaz deslizou sob as árvores. De súbito, deteve-se. A vinte passos, na meia luz que a fogueira irradiava ainda, pareceu-lhe entrever uma sombra que se esgueirava entre a vegetação como ele mesmo o fizera. Naquele momento ouviu-se rugido formidável. Depois um vulto saltou para frente. Era um jaguar de grande porte. A seguir, ouviram-se gritos.

— Socorro! Socorro!

Briant reconheceu a voz de Doniphan. Era ele com efeito. Seus companheiros haviam ficado no acampamento instalado à beira do rio. Doniphan, derrubado pelo jaguar, debatia-se sem poder fazer uso de suas armas. Wilcox, acordado pelos gritos, correu com o fuzil ao ombro, pronto a fazer fogo...

111

— Não atire!... Não atire!... — gritou Briant.

E antes que Wilcox pudesse percebê-lo, Briant precipitou-se sobre a fera que se voltou contra ele, enquanto Doniphan se levantava rapidamente.

Por felicidade, Briant pôde recuar, depois de ter ferido o jaguar com seu facão. Tudo foi feito tão velozmente que nem Doniphan nem Wilcox tiveram tempo de intervir. O animal, atingido mortalmente, estava caído, no instante em que Webb e Cross se lançaram em socorro de Doniphan. Mas a vitória custou caro a Briant, cujo ombro sangrava rasgado pelas garras do jaguar.

— Por que você está aqui? — exclamou Wilcox.

— Vocês o saberão mais tarde! — respondeu Briant. — Venham! Venham!

— Não antes que lhe agradeça, Briant! — disse Doniphan. — Salvou-me a vida...

— Fiz o que teria feito em meu lugar — respondeu Briant. — Não falemos mais nisso e sigam-me.

Entretanto, mesmo não sendo grave o ferimento de Briant, foi preciso pensá-lo fortemente com um lenço, enquanto o bravo menino os pôs ao corrente da situação.

— Ah! Briant, você vale mais do que eu! — exclamou Doniphan com viva emoção e num impulso de reconhecimento que passava por cima de seu caráter altivo.

— Não, Doniphan, não, meu amigo! — respondeu Briant. — E já que me aperta as mãos, não vou soltá-las enquanto você não prometer que vai voltar comigo...

— Sim, Briant é preciso — respondeu Doniphan. — Conte comigo! Daqui em diante, serei o primeiro a obedecer. Amanhã... ao nascer do dia... partiremos...

— Não, imediatamente — respondeu Briant, — a fim de chegarmos sem o risco de sermos vistos!

— E como?... — perguntou Cross.

— Moko está ali! Espera-nos com a canoa! Nós íamos pelo rio do Leste, quando percebi o fogo.

112

— E chegou a tempo de me salvar! — repetia Doniphan.

— E também de levá-lo para a Gruta Francesa

Por que Doniphan, Wilcox, Webb e Cross tinham acampado naquele local e não na embocadura do rio do Leste? A explicação foi dada em poucas palavras. Depois de terem deixado a costa dos Recifes do Severn, todos quatro tinham voltado ao porto de Pedra do Urso na tarde do dia dezesseis. No dia seguinte de manhã, como fora convencionado, tinham subido pela margem esquerda do rio do Leste até ao lago onde acamparam, esperando o dia para irem para a Gruta Francesa.

Sem perder tempo, Briant e os companheiros tomaram lugar na canoa e, como era pequena demais para seis, foi preciso manobrar com precaução. Mas o vento estava favorável e Moko dirigiu-a tão habilmente que a travessia se fez sem acidentes.

Com que alegria Gordon e os outros acolheram os ausentes, quando, perto de quatro horas da manhã, desembarcaram no pequeno dique do rio Zelândia! Se grandes perigos ameaçavamnos, ao menos estavam todos juntos na Gruta Francesa!

8
Papagaio Tripulado

A colônia estava completa e mesmo acrescida de novo membro — a boa Cate. Além disso, a harmonia ia agora reinar na Gruta Francesa. Se Doniphan sentia ainda algum pesar por não ser o chefe dos jovens colonos, pelo menos regressara mudado. A separação de dois ou três dias trouxera seus frutos. Mais de uma vez, sem nada dizer a seus colegas, sem querer confessar seus erros, pois o amor-próprio gritava mais alto, bem compreendera a que tolice o levara sua teimosia. Por outro lado, Wilcox, Cross e Webb não deixavam de sentir a mesma impressão. Assim, depois que Briant deu-lhes tantas provas de devotamento, Doniphan deixara o coração falar mais alto do que a sua vaidade.

Sérios perigos ameaçavam a Gruta Francesa, exposta aos ataques de sete malfeitores armados. Sem dúvida, o interesse de Walston era procurar deixar imediatamente a ilha Chairman. Mas se viesse a saber da existência da pequena colônia, bem provida de tudo o que lhe faltava, não recuaria diante de uma agressão em que todas as probabilidades de sucesso lhes pertenciam. Os jovens colonos deveriam tomar as mais minuciosas precauções, não se afastarem do rio Zelândia, não se aventurarem pelas vizinhanças do lago da Família sem necessidade, enquanto Walston e seu bando não tivessem deixado a ilha.

E, antes de tudo, havia razões para indagar se, durante seu regresso dos destroços do *Severn* à Pedra do Urso, Doniphan, Webb e Wilcox não tinham observado alguma coisa que fosse de natureza a fazê-los suspeitar da presença dos marinheiros do *Severn*.

— Nada! — informou Doniphan. — Em verdade, para regressar à embocadura do rio do Leste, não seguimos o caminho que tínhamos tomado ao subir para o norte.

— Portanto, é certo que Walston se afastou na direção do leste! — observou Gordon.

— Exato! — respondeu Doniphan. — Mas deve ter contornado a costa, enquanto voltamos diretamente pela floresta das Faias. Peguem o mapa e verão que a ilha forma curva muito pronunciada acima da baía da Decepção. Existe ali vasta região onde os malfeitores puderam encontrar refúgio, sem muito se afastar do lugar onde deixaram a sua chalupa. A propósito, talvez Cate saiba dizer-nos mais ou menos onde se encontra situada a ilha Chairman.

Cate, já interrogada a tal respeito por Gordon e Briant, nada poderia adiantar. Depois do incêndio do *Severn*, quando o mestre Evans tomou a chalupa, manobrara-a de forma a se aproximar o mais possível do continente americano, do qual a ilha Chairman não podia estar muito distante. Ele nunca tinha pronunciado o nome da ilha sobre a qual a tempestade o havia arrastado. Todavia, como os numerosos arquipélagos da costa não deviam estar senão a uma distância relativamente pequena, havia razões plausíveis para que Walston quisesse tentar atingi-los e, enquanto esperava, tivesse interesse em ficar no litoral do leste. Com efeito, no caso de conseguir pôr sua embarcação em estado de navegar, não teria muita dificuldade em tomar a direção de alguma terra da América do Sul.

— A menos — observou Briant — que Walston, chegando à embocadura do rio do Leste e ali encontrando vestígios de sua passagem, Doniphan, não tivesse a idéia de levar mais longe suas pesquisas!

— Que vestígios? — interrogou Doniphan. — Um monte de cinzas apagadas? E que poderia concluir? Que a ilha

115

era habitada? Bem, nesse caso, aqueles miseráveis só poderiam pensar em esconder-se.

— Sem dúvida — volveu Briant, — mas podem descobrir que a população da ilha se reduz a um punhado de crianças! Não façamos, portanto, nada que possa dar a conhecer quem somos! Isto me leva a perguntar, Doniphan, se teve oportunidade de dar alguns tiros durante seu regresso à baía da Decepção.

— Excepcionalmente — respondeu Doniphan sorrindo, — pois sou um pouco queimador de pólvora! Desde que abandonamos a costa, estávamos suficientemente providos de caça e nenhuma detonação pôde revelar nossa presença. Ontem à noite Wilcox quase atirou num jaguar. Mas, por felicidade, você chegou a tempo, Briant, inclusive de salvar-me a vida, arriscando a sua!

— Repito, Doniphan, não fiz mais do que faria em meu lugar! E, no futuro, nem um só tiro mais! Acabemos mesmo com as visitas ao bosque das Armadilhas e vivamos das nossas reservas!

Não é preciso dizer que, logo que chegou à Gruta Francesa, Briant recebeu todos os cuidados de que necessitava seu ferimento, cuja cicatrização foi rápida. Só lhe restou certa dor no braço, que não tardou a desaparecer.

O mês de outubro, porém, acabava e Walston não tinha ainda sido assinalado nas vizinhanças do rio Zelândia. Teria partido depois de haver reparado a chalupa? Não era impossível, pois devia possuir um machado — Cate lembrava-se e podia servir-se também daquelas fortes facas que os marinheiros têm sempre no bolso, não faltando madeira nas proximidades dos Recifes do Severn.

Todavia, na ignorância em que se estava a tal respeito, a vida habitual devia ser modificada. Nada de excursões, a não ser no dia em que Baxter e Doniphan foram retirar o mastro dos sinais, que se erguia na crista da colina Auckland. Deste ponto, Doniphan passeou seu binóculo sobre os maciços de verdura que se arredondavam no levante. Se bem que se olhasse da floresta das Faias, se alguma fumaça subisse para o céu, ele teria percebido certamente, o que indicaria que Walston e os seus estavam acampados naquela parte da ilha, Doniphan nada viu em tal direção, nem ao largo da baía de Sloughi, cujas paragens permaneciam sempre desertas.

Já que as excursões estavam proibidas, desde que havia motivo para deixar os fuzis em repouso, os caçadores da colônia tinham sido constrangidos a renunciar a seu exercício predileto. Felizmente, as armadilhas e os laços, estendidos nas proximidades da Gruta Francesa, forneciam caça em quantidade suficiente. Ademais, as perdizes e os perus selvagens tinham-se multiplicado de tal modo no galinheiro que Service e Garnett foram obrigados a sacrificar grande número delas. Como se fizera boa colheita de folhas da árvore de chá, assim como da tal seiva de bordo que tão facilmente se transformava em açúcar, não foi necessário subir até ao arroio da Calçada para renovar as provisões. Mesmo se o inverno chegasse antes que os jovens colonos pudessem recobrar a liberdade, estavam largamente providos de óleo para suas lanternas e de conservas e caça na despensa. Só faltava refazer o estoque de combustível carregando a madeira cortada nos maciços do bosque do Brejo e, sem muito se exporem, seguir a margem do rio Zelândia. Além disto, nova descoberta veio aumentar o bem-estar da Gruta Francesa. Não foi devida a Gordon, se bem que ele fosse muito entendido em coisas de botânica. Cate é que teve todo o mérito.

Havia, no limite do bosque do Brejo, certo número de árvores que mediam vinte metros de altura. Se o machado as poupara até então é porque sua madeira, muito fibrosa, não daria bom fogo para as lareiras do salão e do cercado. Tinham folhas de forma oblonga que se alternavam nos nós e cuja extremidade apresentava ponta fina.

A primeira vez — a vinte e cinco de outubro — que Cate viu uma dessas árvores, exclamou:

117

— Oh! Olhem, uma árvore-vaca!

Dole e Costar, que a acompanhavam, caíram em francas gargalhadas.

— Como? A árvore-vaca?... — disse um.

— As vacas a comem? — disse o outro.

— Não, meus garotos, não. Se elas são chamadas assim é porque dão leite melhor do que o das vicunhas de vocês!

Voltando à Gruta Francesa, Cate comunicou a Gordon sua descoberta. Gordon chamou logo Service e ambos voltaram com Cate à orla do bosque do Brejo. Depois de ter examinado a árvore, Gordon pensou que devia ser um daqueles brosimos que crescem em grande número nas florestas do norte da América, e não se enganava.

Preciosa descoberta! De fato, bastava fazer uma incisão na casca, para que dela escorresse suco de aparência leitosa, com o gosto e as propriedades nutritivas do leite de vaca. Além disso, quando se deixa tal leite congelado, transforma-se numa espécie de queijo excelente e produz ao mesmo tempo cera muito pura comparável à de abelha e com a qual se podem fazer velas de ótima qualidade.

—Bem — exclamou Service, — se é uma árvore-vaca, é preciso ordenhá-la!

E, sem desconfiar, o menino brincalhão acabava de usar a expressão empregada pelos índios, pois eles dizem: "Vamos ordenhar a árvore".

Gordon fez uma incisão na casca da árvore e dali saiu um suco do qual Cate recolheu quase um litro.

Era um belo licor esbranquiçado, de aspecto muito apetitoso, e com os mesmos elementos do leite de vaca. E até mais nutritivo, mais consistente e também de sabor mais agradável. O vaso foi rapidamente esvaziado na Gruta Francesa e Costar lambuzou a boca como um gatinho. Pensando no que poderia fazer com a nova substância, Moko não escondeu sua

Dali saiu um suco esbranquiçado, que Cate recolheu.

satisfação. Não era preciso poupá-la. Não estava longe o rebanho que fornecia abundantemente o leite vegetal!

Em verdade — não é demais repeti-lo — a ilha Chairman teria podido bastar às necessidades de numerosa colônia. A existência dos jovens estava ali assegurada por muito tempo. Além disso, a chegada de Cate entre eles, os cuidados que podiam esperar dessa mulher devotada a quem inspiravam afeição maternal, tudo se reunia para tornar-lhes a vida mais fácil! Agora a segurança de outrora fora perturbada. Quantas descobertas, sem dúvida, Briant e seus camaradas teriam feito, organizando explorações nas partes desconhecidas do leste, se não tivessem que renunciar a elas no presente! Não lhes seria jamais possível fazer excursões, nas quais temessem apenas o encontro de algumas feras, menos perigosas, por certo, do que as feras humanas, contra as quais deviam guardar-se dia e noite?

Não obstante, até aos primeiros dias de novembro, nenhum indício suspeito fora observado nas redondezas da Gruta Francesa. Briant pensava se os marinheiros do *Severn* estariam ainda na ilha. Todavia, Doniphan tinha verificado com seus próprios olhos o péssimo estado em que se encontrava a chalupa, com seu mastro partido, o velame em farrapos, os bordos amassados pelas pontas dos recifes! É verdade — e o mestre Evans não o devia ignorar — que se a ilha Chairman fosse vizinha de continente ou de arquipélago, talvez a chalupa, remendada mal ou bem, tivesse sido posta em estado de fazer travessia relativamente curta. Era, pois, possível que Walston tivesse tomado o partido de deixar a ilha! E era o que convinha verificar antes de retomar o ritmo de vida habitual.

Várias vezes, Briant tivera a idéia de certificar-se, através da região situada a leste do lago da Família. Doniphan, Baxter e Wilcox não queriam outra coisa senão acompanhá-lo. Mas o risco de cair em poder de Walston e, por conseguinte, fazê-lo saber como eram pouco temíveis os seus adversários seria encarar as mais desagradáveis conseqüências. Gordon, cujos conselhos eram sempre ouvidos, dissuadiu Briant de aventurar-se nas profundezas da floresta das Faias. Foi então que Cate fez proposta que não apresentava nenhum perigo.

— Senhor Briant — disse ela uma tarde, quando todos os colonos estavam reunidos no salão, — o senhor permite-me sair amanhã ao nascer do sol?

— Deixar-nos, Cate?... — perguntou Briant.

— Sim! Os senhores não podem ficar mais tempo nesta incerteza e, para saber se Walston está ainda na ilha, eu me ofereço a ir ao lugar onde fomos jogados pela tempestade. Se a chalupa ainda estiver lá é porque Walston não pôde partir... Se não estiver, os senhores nada têm mais a temer.

— O que você quer fazer, Cate — disse Doniphan, — é exatamente a mesma coisa que Briant, Baxter, Wilcox e eu queríamos fazer.

— Sem dúvida, senhor Doniphan — respondeu Cate. — Mas o que é perigoso para os senhores, não o é para mim.

— De acordo — disse Gordon. — Mas e se você tornar a cair nas mãos de Walston?...

— Bem, eu me encontraria na mesma situação em que estava antes de fugir, eis tudo!

— E se esse miserável quiser matá-la, o que é muito provável?... — volveu Briant.

— Assim como escapei a primeira vez — argumentou Cate, — por que não escaparei a segunda, sobretudo agora que conheço o caminho da Gruta Francesa? E, mesmo se conseguir fugir em companhia de Evans — a quem contarei tudo a respeito dos senhores, — que utilidade, que socorro o corajoso mestre não seria para os senhores!...

— Se Evans tivesse tido a possibilidade de escapar – lembrou Doniphan — não o teria já feito... Não tem todo o interesse em salvar-se?...

— Doniphan tem razão — disse Gordon. — Evans conhece o segredo de Walston e seus cúmplices, que não hesitarão em

121

matá-lo quando não tiverem mais necessidade dele para dirigir a chalupa para o continente americano! Portanto, se ainda não fugiu de sua companhia é porque está sendo vigiado...

— Ou talvez já tenha pagado com a vida a tentativa de evasão! — considerou Doniphan. — Também, Cate, no caso em que você fosse presa outra vez...

— Creia — interrompeu Cate — que farei tudo para não deixarem me prender!

— Sem dúvida — disse Briant, — mas nós jamais permitiríamos que você corresse tal risco! Não! Vale mais procurar meio menos perigoso para saber se Walston está ainda sobre a ilha Chairman!

Tendo sido rejeitada a proposta de Cate, não havia nada a fazer senão tomar cuidado e não cometer nenhuma imprudência. Evidentemente, se Walston se encontrasse em condições de sair da ilha, partiria antes do inverno, a fim de alcançar alguma terra onde os seus e ele seriam acolhidos como o são sempre os náufragos, venham de onde vierem. De resto, admitindo-se que Walston estivesse ainda ali, não parecia que tivesse a intenção de explorar o interior. Por várias vezes, nas noites escuras, Briant, Doniphan e Moko percorreram o lago da Família com a canoa e nunca surpreenderam a luz de fogueira suspeita, nem sobre a margem oposta nem sob as árvores que se agrupavam perto do rio do Leste.

Entretanto, era muito penoso viver naquelas condições, sem sair do espaço compreendido entre o rio Zelândia, o lago, a floresta e a falésia. Assim, Briant pensava sem cessar no meio de certificar-se da presença de Walston e descobrir ao mesmo tempo em que lugar havia estabelecido seu acampamento. Para verificá-lo, bastaria, talvez, elevar-se a certa altura durante a noite.

Era nisso que pensava Briant e tal pensamento chegara ao estado de obsessão. Por infelicidade, salvo a falésia, cuja crista mais alta não ultrapassava sessenta metros, a ilha Chairman não tinha outra colina de alguma importância. Inúmeras vezes,

122

Nas noites escuras, Briant, Doniphan e Moko percorriam o lago da Família.

Doniphan e dois ou três outros tinham subido ao alto da colina Auckland. Mas daquele ponto não se percebia nem mesmo a outra margem do lago da Família. Portanto, nem fumaça nem clarão poderiam mostrar-se ao leste por cima do horizonte. Seria necessário elevar-se até bem mais alto, para que o raio da visão pudesse estender-se até às primeiras rochas da baía da Decepção.

Foi então que veio ao espírito de Briant uma idéia tão aventureira — quase insensata, na verdade — que a rejeitou imediatamente. Mas voltava-lhe com tanta obstinação que acabou por incrustar-se em seu cérebro.

Como se sabe, a operação do papagaio tinha sido suspensa. Depois da chegada de Cate, trazendo a notícia de que os náufragos do *Severn* erravam pela costa oriental, tinham renunciado ao projeto de suspender nos ares o aparelho que seria visto de todos os pontos da ilha.

Mas, já que o papagaio não podia mais ser empregado como sinal, não seria possível utilizá-lo para operar no reconhecimento tão necessário à segurança da colônia?

Sim! Eis o que Briant pensava insistentemente.

Lembrava-se de ter lido num jornal inglês que, lá pelo fim do século anterior, certa mulher tinha tido a audácia de elevar-se nos ares, suspensa num papagaio, especialmente fabricado para essa perigosa ascensão.

Pois bem! O que a mulher tinha feito, um rapaz não podia tentar? Se sua tentativa oferecia certos perigos, pouco importava. Os riscos nada eram comparados com os resultados que seriam sem dúvida obtidos! Tomando todas as precauções que a prudência exigia, não havia muitas probabilidades de que a operação tivesse êxito? Era por isso que Briant, se bem que não pudesse calcular matematicamente a força ascensional necessária a aparelho de tal gênero, repetia para si mesmo que já existia, que bastaria torná-lo maior e mais sólido. E, então, no meio da noite, elevando-se a algumas centenas de metros nos ares, talvez se conseguisse descobrir o clarão de alguma fogueira na parte da ilha compreendida entre o lago e a baía da Decepção.

Tratava-se apenas de fazer com que seus companheiros concordassem. E, na noite do dia quatro, depois de pedir a Gordon, Doniphan, Wilcox, Webb e Baxter que viessem conferenciar com ele, fez com que eles conhecessem sua proposta de utilizar o papagaio.

— Utilizá-lo?... — interpelou Wilcox. — E como? Soltando-o no ar?

— Evidentemente, pois que é feito para ser solto.

— Durante o dia? — indagou Baxter.

— Não, Baxter, pois não escaparia aos olhares de Walston, enquanto que durante a noite...

— Mas a lanterna — disse Doniphan — também vai chamar a atenção.

— Não porei lanterna.

— Então para que servirá? — perguntou Gordon.

— Para ver se o pessoal do *Severn* ainda está na ilha!

E Briant, com certa inquietação a que seu projeto fosse acolhido com movimentos negativos de cabeça pouco estimulantes, contou em poucas palavras a sua idéia.

Os rapazes não riram. Salvo Gordon que tinha certa dúvida sobre a seriedade com que falava Briant, os outros pareceram dispostos a dar-lhe sua aprovação. Aqueles rapazes já estavam tão acostumados com o perigo, que uma ascensão noturna, tentada em tais circunstâncias, pareceu-lhes perfeitamente possível. Tudo o que fosse de natureza a devolver-lhes a primitiva segurança, estavam decididos a empreender.

— Entretanto — observou Doniphan, — o peso de um de nós não será demasiado?

— Certamente — confirmou Briant. — Será preciso aumentá-lo e consolidá-lo ao mesmo tempo.

— Resta saber — disse Wilcox — se o papagaio poderá resistir...

125

— Não tem dúvida — afirmou Baxter.

— Tal coisa já foi feita — acrescentou Briant.

Citou o caso da mulher e depois:

— Tudo depende das dimensões do aparelho e da força do vento no momento da partida.

— Briant — perguntou Baxter, — a que altura pensa ter que atingir?...

— Imagino que, a duzentos metros, se poderia perceber um fogo que estivesse aceso em qualquer parte da ilha.

— Pois bem! Isso será feito — exclamou Service, — e sem demora! Já não suporto mais ficar privado de entrar e sair, à vontade, de acordo com minha fantasia!

— E podermos visitar nossas armadilhas! — acrescentou Wilcox.

— E não ousar mais dar um único tiro! — replicou Doniphan.

— Amanhã, então — disse Briant.

Depois, quando se encontrou a sós com Gordon, este perguntou a Briant:

— É sério que pensa em fazer isto?...

— Quero, ao menos, tentar, Gordon.

— É uma operação perigosa.

— Talvez menos do que pareça!

— E qual de nós consentiria em arriscar a vida em tal tentativa?...

— Você seria o primeiro, Gordon, se a sorte designá-lo.

— Então será à sorte a que recorrerá, Briant?...

— Não, Gordon! Será preciso que o escolhido o faça de bom grado!

— Sua escolha já está feita, Briant?...

— Talvez!

E Briant apertou a mão de Gordon.

— *Sua escolha já está feita, Briant?* — *perguntou Gordon.*

9

OBSERVAÇÃO EM PAPAGAIO

No dia vinte e cinco de novembro, logo de manhã, Briant e Baxter puseram mãos à obra. Antes de dar ao aparelho dimensões maiores, pareceu-lhes bom saber que peso poderia suspender tal como estava. Isso permitiria conseguir dar-lhe, às apalpadelas por falta de fórmula científica, a superfície suficiente para suportar um peso — excluído o próprio — não inferior a sessenta quilos.

Não foi necessário esperar a noite para fazer a primeira experiência. Naquele momento, a brisa soprava do sudoeste e Briant pensou que não haveria nenhum inconveniente em aproveitá-la, sob a condição de conter o papagaio a pouca altura, de modo que não pudesse ser percebido da margem oriental do lago.

A operação foi coroada de êxito. Verificou-se que o aparelho, sob a ação do vento comum, suspendia um saco com peso de dez quilos. O papagaio foi então levado para a terra e deitado sobre o solo do Terraço dos Esportes.

Em primeiro lugar, Baxter tornou sua armação extremamente sólida por meio de cordas que se ligavam a um nó central, como as varetas de um guarda-chuva ao anel que desliza sobre o cabo. A seguir, sua superfície foi aumentada por suplemento de armação e um acréscimo de novas lonas. Para tal ajuste, Cate mostrou-se muito útil. Havia linha e agulha na Gruta Francesa e a habilidosa mulher entendia de trabalhos de costura.

Se Briant e Baxter fossem mais fortes em mecânica, teriam considerado, ao construir o aparelho, os primeiros elementos que são o peso, a superfície plana, o centro de gravidade, o centro de pressão do vento — o qual se confunde com o centro da figura — e finalmente o ponto de prender a corda. Depois, estabelecidos esses cálculos, teriam deduzido qual seria a potência ascensional do papagaio e a altura à qual poderia chegar. Do mesmo modo, o cálculo lhes teria feito conhecer que força deveria ter a corda para resistir à tensão — condição das mais importantes para garantir a segurança do observador.

Felizmente, a linha, fornecida pela barquilha da escuna e que media pelo menos seiscentos metros de comprimento, convinha perfeitamente. Aliás, mesmo com vento forte, um papagaio só voa razoavelmente quando o ponto em que se prende o pêndulo é judiciosamente escolhido. Havia, portanto, razões para regular com cuidado este ponto, do qual depende a inclinação do aparelho sobre o leito do vento e do qual resulta a estabilidade. Com este novo objetivo, o papagaio não devia mais ter cauda em seu apêndice inferior, com o que Costar e Dole se mostraram bem decepcionados. A cauda seria inútil, pois o peso suspenso bastaria para impedi-lo de cair a pique.

Fazendo experiências, Briant e Baxter observaram que conviria amarrar o peso no terço da armação, fixando-o a uma das travessas que esticavam a lona no sentido da largura. Duas cordas, amarradas na dita travessa, iriam prendê-lo de modo que ficasse suspenso a sessenta centímetros mais abaixo.

Preparou-se corda de quatrocentos metros, aproximadamente, que, deduzindo-se a curva, permitiria que o papagaio se elevasse a duzentos e cinqüenta metros.

Enfim, para diminuir tanto quanto possível os perigos de queda, por ruptura da corda ou fratura da armação, foi convencionado que a ascensão se faria por cima do lago. A distância horizontal em que se efetuaria tal queda não seria nunca bastante considerável, e um bom nadador poderia alcançar a margem do oeste.

Quando o aparelho ficou terminado, apresentava superfície de setenta metros quadrados, sob a forma de um octógono, cujo raio tinha cerca de cinco metros, e cada um dos lados perto de metro e meio. Com sua armação sólida, sua lona impenetrável ao vento, devia facilmente suspender peso de cinqüenta a sessenta quilos.

A barquinha na qual o observador ficaria seria simplesmente uma dessas cestas de vime que servem para diversos usos a bordo dos iates. Era bastante profunda e um rapaz de altura comum poderia entrar até as axilas. Bastante larga para que tivesse liberdade de movimentos e bastante aberta para que lhe fosse possível sair rapidamente, se necessário.

Este trabalho não foi feito num dia nem em dois. Começado no dia cinco de manhã, só foi acabado na tarde do dia sete. Transferiu-se então para a noite a experiência preparatória que ajudaria a reconhecer a potência ascensional do aparelho e seu grau de estabilidade no ar.

Durante os últimos dias, nada veio modificar a situação. Várias vezes, alguns dos rapazes tinham ficado longas horas em observação sobre a falésia. Nada tinham visto de suspeito, nem ao norte, entre a orla do bosque das Armadilhas e a Gruta Francesa, nem ao sul, além do rio, nem ao oeste, do lado da baía de Sloughi, nem sobre o lago da Família que Walston talvez visitasse antes de deixar a ilha. Nenhuma detonação fora ouvida nas proximidades da colina Auckland. Nenhuma fumaça se tinha desenrolado no horizonte.

Briant e seus companheiros, estavam, portanto, no direito de supor que os malfeitores tivessem abandonado definitivamente a ilha Chairman? Ser-lhes-ia finalmente lícito retomar com toda a segurança seus hábitos de outrora? Era o que a experiência projetada ia permitir verificar, sem dúvida.

A respeito da volta à terra do observador escolhido, eis o que expôs Briant, quando Doniphan e Gordon o interrogaram a respeito.

130

— Sinal luminoso é impossível — respondeu Briant, — pois haveria o risco de ser percebido por Walston. Assim, Baxter e eu recorremos a outro processo. Um cordão de comprimento igual à corda do papagaio, depois de ser previamente enfiado numa bola de chumbo furada no centro, será amarrado na cesta. A outra ponta ficará em terra, nas mãos de um de nós. Bastará deixar-se correr a bola ao longo do cordão para dar-se o sinal de regresso.

— Bem imaginado! — respondeu Doniphan.

Restava fazer o ensaio preliminar. A lua não se devia levantar senão duas horas depois da meia-noite e fazia excelente brisa que soprava do sudoeste. As condições pareceram portanto particularmente favoráveis. Às nove horas, a escuridão era profunda. Algumas nuvens, bastante espessas, corriam através do espaço num céu sem estrelas. A qualquer altura que se elevasse o aparelho não poderia ser avistado. Todos deviam assistir à experiência e uma vez que se tratava apenas de operação em branco, como se diz, seria com mais prazer do que emoção que lhe seguiriam as peripécias.

O cabrestante do *Sloughi* fora trazido e instalado no centro do Terraço dos Esportes e solidamente fixado ao solo, a fim de resistir à tração do aparelho. A longa corda, enrolada com cuidado, foi disposta de modo a desenrolar-se sem esforço, bem como o cordel do sinal. Na barquinha, Briant colocara um saco de terra que pesava exatamente sessenta e cinco quilos, peso superior ao mais pesado dos meninos.

Doniphan, Baxter, Wilcox e Webb foram postar-se perto do papagaio, estendido por terra a cem passos do cabrestante. A uma ordem de Briant, deviam pô-lo em pé pouco a pouco por meio de cordas que se prendiam às travessas da armação. Logo que o aparelho fizesse resistência ao vento, segundo a inclinação determinada pela disposição do eixo, Briant, Gordon, Service, Cross e Garnett desenrolariam a corda à medida que ele se elevasse no ar.

— Atenção! — gritou Briant.

— Pronto! — respondeu Doniphan.

— Vamos!

O aparelho ergueu-se um pouco, tremeu ao vento e inclinou-se.

— Desenrolem! Desenrolem! — gritou Wilcox.

O cabrestante começou a girar sob a tensão da corda, enquanto o papagaio e a barquinha subiam lentamente através do espaço. Se bem que fosse imprudência, explodiram exclamações quando o Gigante dos Ares deixou o solo. Mas, quase imediatamente, desapareceu na sombra para decepção de Iverson, Jenkins, Dole e Costar, que não queriam perdê-lo de vista.

— Não fiquem tristes, meus garotos — disse Cate. — De outra vez, quando não houver perigo, o Gigante subirá num dia claro e terão licença de enviar-lhe telegramas, se forem bem comportados.

Embora não fosse mais visto, sentia-se que, então, o papagaio voava regularmente. Briant, querendo que a demonstração fosse convincente, tanto quanto permitiam as circunstâncias, deixou a corda desenrolar-se até a extremidade. Então pôde apreciar seu grau de tensão, que nada tinha de anormal. O cabrestante desenrolou quatrocentos metros e provavelmente o aparelho elevou-se a uma altura de duzentos e cinqüenta. Tal manobra não levou mais do que dez minutos.

Realizada a experiência, foi preciso tornar a enrolar a corda. Essa segunda parte da operação durou muito mais, cerca de uma hora. A brisa era constante e o trabalho foi feito com inteiro êxito. Em breve, o octógono de lona reapareceu na sombra e veio abater-se docemente sobre o solo, quase no mesmo lugar de onde partira. Novas exclamações acolheram sua chegada como tinham saudado a partida. Agora era só deitá-lo por terra, a fim de que o vento não o suspendesse. Baxter e Wilcox ofereceram-se para vigiar até ao nascer do dia.

No dia seguinte, oito de novembro, à mesma hora, far-se-ia a operação definitiva, Todos esperavam apenas as ordens de Briant para que entrassem na Gruta Francesa. Mas Briant nada dizia, profundamente absorvido em suas reflexões. Em que pensaria? Nos perigos que apresentava uma ascensão tentada em condições tão excepcionais? Na responsabilidade que assumia, deixando um de seus camaradas aventurar-se naquela barquinha?

— Entremos — disse Gordon. — É tarde...

— Um instante — respondeu Briant. — Gordon, Doniphan, esperem!... Tenho proposta a fazer-lhes.

— Fale — disse Doniphan.

— Acabamos de experimentar nosso papagaio — e o ensaio teve êxito; porque as circunstâncias eram favoráveis, o vento estava regular, nem muito fraco nem muito forte. Não sabemos que tempo fará amanhã e se o vento permitirá manter o aparelho acima do lago. Assim, parece-me prudente não adiar a operação!

Nada mais razoável, de fato, uma vez que estavam decididos a tentá-la. Entretanto, a essa proposta, ninguém respondeu. No momento de correr tais riscos, a hesitação era natural, mesmo da parte dos mais intrépidos. Briant acrescentou:

— Quem quer subir?...

— Eu! — disse vivamente Jacques.

E, quase ao mesmo tempo, Doniphan, Baxter, Wilcox, Cross e Service exclamaram:

— Eu!

Depois caiu um silêncio que Briant não teve pressa em interromper. Foi Jacques quem disse primeiro:

— Irmão, sou eu quem deveria tentar. Sim!... Eu! Peço-lhe... Deixe-me ir!...

— E por que você mais do que eu... mais do que qualquer outro? — interpelou Doniphan.

— Sim, por quê?... — insistiu Baxter.

— Porque é o meu dever! — respondeu Jacques.

133

— Dever? — interrogou Gordon.

— Sim!

Gordon pegara a mão de Briant, como para perguntar-lhe o que queria dizer Jacques e sentiu-a tremer na sua. Se a noite não estivesse tão escura, teria visto empalidecerem as faces do companheiro, teria visto suas pálpebras descerem sobre seus olhos úmidos.

— Então, irmão! — continuou Jacques, em tom resoluto e que surpreendia em menino de sua idade.

— Responda, Briant! — insistiu Doniphan. — Jacques diz que tem dever de arriscar-se!... Mas tal dever, não o temos nós tanto quanto ele?... Que fez para reclamá-lo?

— O que fiz — respondeu Jacques, — o que eu fiz... vou contar agora!

— Jacques! — exclamou Briant, que queria impedir o irmão de falar.

— Não — continuou Jacques com voz entrecortada pela emoção. — Deixem-me confessar! Isso me pesa demais!... Gordon, Doniphan, se vocês estão aqui... todos... longe de seus pais... nesta ilha... sou eu... eu somente sou a causa!... Se o *Sloughi* foi carregado para o mar é que, por imprudência... não!... Por brincadeira... soltei a amarra que o prendia ao cais de Auckland!... Sim! Brincadeira... E, depois, quando vi o iate derivar, perdi a cabeça! Não chamei quando era ainda tempo!... E, uma hora depois... no meio da noite... em pleno mar!... Ali! Perdão, meus amigos, perdão!...

O pobre menino soluçava, apesar de Cate tentar em vão consolá-lo.

— Bem, Jacques! — disse então Briant. — Você quer arriscar a vida para resgatar sua culpa, ou, ao menos, para redimir em parte o mal que fez?

— E não a redimiu já? — exclamou Doniphan, que se deixava levar por sua generosidade natural. — Já não se ex-

134

— Eu! — disse vivamente Jacques.

pôs vinte vezes para prestar-nos serviços? Ah! Briant, eu compreendo agora por que o punha à frente, quando havia algum perigo a correr e por que ele estava sempre pronto a devotar-se! Por isso, lançou-se à procura de Cross e de mim no meio do nevoeiro... com risco da própria vida!... Sim! Meu amigo Jacques, nós o perdoamos de boa-vontade e não há necessidade de redimir seu erro.

Todos rodearam Jacques. Tomavam-lhe as mãos e, não obstante, os soluços não cessavam de entrecortar-lhe a respiração. E, quando pôde falar:

— Vocês vêem, sou eu... sou eu só que devo partir: Não é, meu irmão?...

— Está bem, Jacques! — repetia Briant com os braços abertos para o irmão.

Foi em vão que Doniphan e os outros tentaram intervir. Nada mais havia a fazer senão deixá-lo ir com o vento, que manifestava certa tendência a aumentar. Jacques apertou a mão de seus amigos. Depois, pronto a tomar o lugar na barquinha, da qual foi retirado o saco de terra, voltou-se para Briant. Este estava imóvel a alguns passos atrás do cabrestante.

— Um abraço, irmão! — disse Jacques.

— Sim, dê-me um abraço! — respondeu Briant, dominando a emoção. — Ou, melhor, sou eu que o abraço... pois quem vai partir sou eu!...

— Você? — exclamou Jacques.

— Você?... — repetiram Doniphan e Service.

— Sim... eu. Que a falta de Jacques seja resgatada por seu irmão ou por ele, pouco importa! Quando tive a idéia desta tentativa, vocês puderam acreditar que minha intenção era deixar qualquer outro fazê-la?...

— Irmão! — exclamou Jacques. — Eu lhe peço!...

— Não, Jacques!

— Então — disse Doniphan — reclamo minha chance.

136

— Não, Doniphan! — respondeu Briant num tom que, não admitia réplica. — Sou eu que partirei! Eu quero!

— Eu já adivinhara isto, Briant! — disse Gordon, apertando a mão do amigo.

Depois destas palavras, Briant introduziu-se na cesta e logo que ficou convenientemente instalado deu ordem de levantar o papagaio. O aparelho, inclinado ao impacto do vento, subiu docemente primeiro. Depois, Baxter, Wilcox, Cross e Service, postados no cabrestante, desenrolaram a corda ao mesmo tempo em que Garnett, segurando o cordel do sinal, deixava-o escorregar entre os dedos. Em dez segundos o Gigante dos Ares desapareceu na sombra, não mais entre exclamações que haviam saudado sua partida de então, mas no meio de um silêncio profundo. O intrépido chefe daquele pequeno mundo, o generoso Briant, havia desaparecido com ele.

O aparelho elevava-se com regular lentidão. A constância da brisa assegurava-lhe estabilidade perfeita. Mas oscilava de um a outro lado. Briant não sentia nenhum daqueles balanços que teriam tornado a situação perigosa. Mantinha-se imóvel, ambas as mãos fixadas nas cordas de suspensão da barquinha, que se embalava suavemente.

Briant experimentou estranha impressão logo de início, quando se sentiu suspenso no espaço, naquele plano inclinado imenso que estremecia ao contato da corrente aérea! Parecia-lhe estar sendo levado por alguma fantástica ave de rapina, ou preso às asas de enorme morcego negro. Mas, graças à energia de seu caráter, pôde conservar o sangue-frio que exigia tal experiência.

Dez minutos depois que o papagaio deixou o solo do Terraço dos Esportes, pequeno abalo indicou que seu movimento ascensional terminara. A altitude atingida verticalmente devia ser entre duzentos e duzentos e cinqüenta metros.

Briant, senhor de si, verificou o barbante enfiado na esfera. Depois, observou o espaço. Com uma das mãos segurava a corda de suspensão e com a outra o binóculo.

Abaixo dele, a escuridão era profunda. O lago, as florestas, a falésia formavam massa confusa da qual não podia distinguir nenhum pormenor.

A periferia da ilha recortava-se sobre o mar que a circundava e, do ponto ocupado por ele, Briant podia dominar todo o seu conjunto. Se tivesse feito a ascensão durante o dia, talvez tivesse percebido outras ilhas, ou mesmo um continente, se existisse algum num raio de cem quilômetros.

Na direção do oeste, do norte e do sul o céu estava então muito enevoado. O mesmo, porém, não acontecia na direção do leste, onde pequeno canto do firmamento, momentaneamente livre das nuvens, deixava brilhar algumas estrelas. Precisamente daquele lado, clarão bastante intenso, que se refletia até nas condensações baixas de umidade, atraiu a atenção de Briant.

"É um clarão de fogo!" — pensou ele. "Será que Walston acampou naquele local?... Não!... Está demasiado distante e encontra-se, certamente, muito além da ilha!... Será então um vulcão em erupção e haverá terra nas paragens do leste?"

Veio então ao pensamento de Briant que, durante sua primeira expedição à baía da Decepção, mancha esbranquiçada havia aparecido no campo de seu binóculo.

"Sim, era daquele lado... A mancha seria o revérbero de uma geleira... Deve haver, no leste, terra bastante próxima da ilha Chairman!"

Briant assestara seu binóculo sobre tal luminosidade que a escuridão contribuía para tornar mais visível ainda. Nenhuma dúvida que era montanha vomitando fogo, vizinha da geleira entrevista e que devia pertencer ou a um continente ou a um arquipélago, cuja distância não seria maior do que sessenta quilômetros.

No mesmo momento, Briant percebeu novas luzes, muito mais perto dele. A três quilômetros aproximadamente e, por conseguinte, na superfície da ilha, outro clarão brilhava entre as árvores ao oeste do lago da Família.

138

O aparelho elevava-se com regular lentidão.

"É na floresta desta vez" — pensava. "E na orla do litoral!"

Mas parecia-lhe que o clarão só tinha aparecido por um instante e depois desaparecido, pois, apesar de observação atenta, Briant não conseguiu voltar a vê-lo. O coração batia-lhe violentamente e sua mão tremia a ponto de ser-lhe impossível assestar o binóculo com precisão suficiente. Devia haver ali fogueira de acampamento próximo da embocadura do rio do Leste, pois Briant a tinha visto. Em breve, reconheceu que seu reflexo iluminava ainda o maciço das árvores. Assim, Walston e seu bando estavam acampados naquele local, próximo ao pequeno porto da Pedra do Urso! Os assassinos do *Severn*, não haviam abandonado a ilha Chairman! Os jovens colonos estavam expostos às suas agressões e não havia mais nenhuma segurança para a Gruta Francesa! Evidentemente, na impossibilidade de consertar sua chalupa, Walston teve que renunciar à idéia de partir. E, encontrava-se na ilha! Não havia nenhuma dúvida a tal respeito.

Terminando Briant suas observações, julgou inútil prolongar a exploração aérea. Preparou-se para descer. O vento aumentava sensivelmente. Oscilações mais fortes imprimiam à barquinha balanço que tornaria a aterrissagem difícil. Depois de ter-se certificado de que o cordel do sinal estava convenientemente esticado, Briant deixou deslizar a esfera que chegou em poucos segundos à mão de Garnett. Imediatamente a corda do cabrestante começou a trazer o aparelho para o solo. E, ao mesmo tempo em que o papagaio descia, Briant olhava na direção dos clarões observados por ele. Via o da erupção e, depois, mais próximo, no litoral, o fogo do acampamento.

Entretanto, Doniphan, Baxter, Wilcox, Service e Webb manobravam vigorosamente as manivelas do cabrestante. Tinham observado que o vento ganhava força e soprava com menos regularidade. Sentiam-no pelos abalos que sofria a corda e pensavam com viva angústia que Briant devia experimentar o contrachoque.

O cabrestante funcionou rapidamente. O vento aumentava sempre e, três quartos de hora depois do sinal dado por

No momento em que ia submergir, Briant atirou-se de cabeça.

Briant, soprava a toda força. Naquele momento o aparelho devia estar ainda a mais de trinta metros acima do lago.

Súbito, verificou-se arranco violento. Wilcox, Doniphan, Service, Webb e Baxter, aos quais faltou o ponto de apoio, quase caíram no chão. A corda do papagaio acabava de romper-se. E, no meio de gritos de terror, este nome foi vinte vezes repetido.

— Briant!... Briant!...

Alguns minutos depois, Briant saltava na praia e chamava com voz forte.

— Irmão!... Irmão!... — exclamou Jacques, que foi o primeiro a apertá-lo nos braços.

— Walston ainda está lá!

Foi o que Briant disse, logo de início, quando seus amigos se reuniram a ele.

No momento em que a corda se rompera, Briant sentiu-se carregado, não em queda vertical, mas oblíqua e relativamente lenta, porque o papagaio fazia-se de pára-quedas por cima dele. Saiu da cesta antes que ela atingisse a superfície do lago. No momento em que ia submergir, Briant atirou-se de cabeça e, como bom nadador que era, não lhe foi difícil alcançar a margem.

Enquanto isto, o papagaio, sem lastro, desaparecera no nordeste, carregado pelo vento, como gigantesco destroço do ar.

10

UM COLONO A MAIS

No dia seguinte, depois de uma noite em que Moko ficara de guarda na Gruta Francesa, os jovens colonos, fatigados pelas emoções da véspera, não acordaram senão muito tarde. Gordon, Doniphan, Briant e Baxter passaram pelo armazém, onde Cate andava em seus trabalhos habituais. Conversaram sobre a situação, que não deixava de ser muito inquietante. Com efeito, como observara Gordon, havia mais de quinze dias que Walston e seus companheiros estavam na ilha. Portanto, se os reparos da chalupa não estavam feitos ainda é porque lhes faltavam ferramentas indispensáveis a trabalho de tal gênero.

— Deve ser isso — disse Doniphan, — pois a embarcação não estava muito avariada.

Entretanto, não era provável que a intenção de Walston fosse de fixar-se na ilha Chairman, pois, neste caso, já deveria ter feito algumas excursões pelo interior e, certamente, a Gruta Francesa já teria recebido sua visita. A propósito, Briant contou o que observara durante a ascensão, relativamente às terras que deviam existir a distância bastante próxima do leste.

— Não se esqueçam — disse ele — que quando visitamos a embocadura do rio do Leste, eu avistei uma mancha esbranquiçada, um pouco acima do horizonte, a qual não soube explicar...

— Entretanto, Wilcox e eu nada descobrimos com relação a tal mancha — interrompeu Doniphan, — se bem que a tivéssemos procurado...

— Moko também a distinguiu tão nitidamente como eu — respondeu Briant.

— Seja! — replicou Doniphan. — Mas o que lhe faz crer Briant, que estejamos na proximidade de um grupo de ilhas?

— Ontem, enquanto observava o horizonte naquela direção, distingui clarão muito visível fora dos limites da costa e não podia vir senão de um vulcão em atividade. Concluí, portanto, que existe terra vizinha. Ora, os marinheiros do *Severn* não a devem ignorar e farão tudo para alcançá-la...

— É de supor! — respondeu Baxter. — Que lhes adiantaria ficar aqui? Evidentemente, se não estamos ainda livres de sua presença, é porque não puderam consertar a chalupa!

O que Briant acabava de informar tinha importância extrema. Dava-lhes a certeza de que a ilha Chairman não estava isolada, como acreditavam. Mas o que agravava a situação era que, de acordo com o levantamento feito por Briant, Walston se encontrava atualmente nas proximidades da embocadura do rio do Leste. Depois de ter abandonado a costa dos Recifes do Severn, tinha-se aproximado cerca de vinte quilômetros. Bastava-lhe, então, subir o rio do Leste para chegar à vista do lago e contorná-lo pelo sul para descobrir a Gruta Francesa!

Briant, portanto, deveria tomar as mais severas medidas à vista de tal eventualidade. Dali por diante, as excursões foram reduzidas ao necessário, sem mesmo se estenderem sobre a margem esquerda do rio até o maciço do bosque das Armadilhas. Ao mesmo tempo, Baxter dissimulou as paliçadas do cercado sob cortina de ervas e espinheiros, bem como as entradas do salão e do armazém. Enfim, foi proibido a todos que aparecessem na parte compreendida entre o lago e a colina Auckland. Efetivamente, sujeitar-se a precauções tão minuciosas era acrescentar bastante aborrecimento às dificuldades já existentes!

Houve ainda outros motivos de inquietação. Costar teve febres que puseram sua vida em perigo. Gordon teve que recorrer à farmácia da escuna. Felizmente, Cate fez pelo

144

menino o que sua mãe teria feito. Tratou-o com aquela afeição prudente que é instinto nas mulheres e velou o menino noite e dia. Graças ao seu devotamento, a febre cedeu e Costar se restabeleceu rapidamente.

A dedicação de Cate passou ao conserto das roupas da Gruta Francesa. Para seu grande desprazer, estavam bem gastas, pois já serviam havia quase vinte meses! Como substituí-las quando não pudessem mais servir? Os calçados também — se bem que fossem poupados ao máximo e ninguém se importasse de andar descalço quando o tempo o permitia, estavam em péssimo estado! Tudo era para inquietar a previdente governanta!

A primeira quinzena de novembro foi marcada por aguaceiros freqüentes. Depois, a partir do dia dezessete, o barômetro voltou a marcar bom tempo e o período de calor firmouse. Árvores, arbustos, toda a vegetação ficou em breve verde e florida. Os hóspedes habituais dos pântanos do sul tinham voltado em grande número. Mas, com grande desgosto, Doniphan estava privado de suas caças através do pântano, e Wilcox não podia estender suas redes, com receio de que elas fossem avistadas das margens inferiores do lago da Família!

Num dos últimos dias, Wilcox encontrou um dos emigrantes que o inverno tinha expulsado para países desconhecidos do norte. Era uma andorinha que trazia ainda pequeno saco preso debaixo da asa. Traria algum bilhete com o endereço dos jovens náufragos do *Sloughi*? Não! Infelizmente, o mensageiro tinha voltado sem resposta!

Durante aqueles longos dias, as horas eram passadas no salão. Baxter, encarregado de escrever o diário, não tinha mais nenhum incidente a relatar. E, antes de quatro meses, ia começar terceiro inverno para os jovens colonos da ilha Chairman. Podia-se observar o desânimo que se apossava dos mais enérgicos, com exceção de Gordon, sempre absorvido na sua administração. Briant também se sentia por vezes deprimido, se bem que empregasse toda a sua força moral em nada deixar

145

transparecer. Tentava reagir, excitando seus companheiros a continuar seus estudos, a fazer conferências e leituras em voz alta. Recordava-lhes sempre o seu país e suas famílias, afirmando que os encontrariam novamente! Enfim, desdobravase para erguer-lhes o moral, mas sem muito o conseguir. Sua grande apreensão era de que o desespero viesse a abatê-los. Nada disso aconteceu, embora acontecimentos extremamente graves em breve impusessem a todos grandes sofrimentos.

No dia vinte e um de novembro, cerca de duas horas da tarde, Doniphan estava ocupado em pescar nas bordas do lago da Família, quando sua atenção foi vivamente despertada por gritos dissonantes de bando de aves que planavam acima da margem esquerda do rio. Se não eram corvos — aos quais se pareciam um pouco, — mereciam pertencer a essa espécie voraz e grasnante. Doniphan não se teria preocupado com as aves, se seus modos não tivessem algo estranho. Com efeito, descreviam largas órbitas, cujo raio diminuía à medida que se aproximavam da terra. Depois, reunidos em grupo compacto, se precipitavam em direção ao solo. Então, seus gritos redobraram. Mas foi em vão que Doniphan procurou enxergá-los no meio das altas ervas entre as quais tinham desaparecido.

Veio-lhe então ao pensamento que devia existir naquele local algum cadáver de animal. Curioso de saber o que havia, voltou à Gruta Francesa e pediu a Moko que o transportasse com a canoa ao outro lado do rio Zelândia. Ambos embarcaram e dez minutos depois deslizavam por entre tufos da vegetação da margem. Imediatamente as aves erguerem-se, protestando com gritos contra os importunos que se permitiam perturbar sua refeição. Jazia ali, o corpo de um guanaco, morto poucas horas antes, pois tinha ainda algum calor. Doniphan e Moko, não desejando utilizar em sua despensa os restos do jantar dos corvos, dispuseram-se a abandoná-los quando perceberam o problema. Como e por que o guanaco tinha vindo cair sobre a orla do pântano, longe das florestas do leste, que seus congêneres nunca deixavam habitualmente?

Jazia ali o corpo de um guanaco, morto poucas horas antes.

Doniphan examinou o animal. Tinha no flanco uma ferida ainda sangrando, que não provinha das presas de jaguar ou outro carnívoro.

— Este guanaco certamente levou um tiro! — observou Doniphan.

— E aqui está a prova — respondeu o grumete que, depois de remexer o ferimento com sua faca, retirou uma bala.

A bala parecia mais do calibre dos fuzis de bordo do que de caça. Não podia, portanto, ter sido atirada senão por Walston ou um de seus companheiros. Doniphan e Moko voltaram à Gruta Francesa, onde conferenciaram com seus companheiros.

Era evidente que o guanaco fora abatido por um dos marinheiros do *Severn*, pois nem Doniphan nem ninguém havia dado um único tiro havia mais de um mês. Mas era importante saber em que momento e em que lugar o guanaco havia recebido aquela bala. Examinadas todas as hipóteses, pareceu admissível que o fato se tivesse dado a cinco ou seis horas no máximo. Concluíram, então, que, de manhã, um dos homens de Walston tivesse ido caçar, aproximando-se da ponta meridional do lago da Família e que o bando, depois de ter transposto o rio do Leste, viesse pouco a pouco para o lado da Gruta Francesa.

A situação agravava-se, se bem que o perigo não fosse talvez iminente. Efetivamente, ao sul da ilha, estendia-se vasta planície cortada de riachos, cavada de lagoas, eriçada de dunas, onde a caça bastaria para a alimentação cotidiana do bando. Era, portanto, provável que Walston não se tivesse aventurado através da Terra das Dunas. Aliás nenhuma detonação suspeita, fora ouvida e havia motivo de esperar que a posição da Gruta Francesa não tivesse sido até então descoberta. Não obstante, foi preciso se impor medidas de prudência com novo rigor. Se eventual agressão tinha alguma probabilidade de ser rechaçada, seria sob a condição de que os jovens colonos não fossem surpreendidos fora do salão.

Três dias depois, fato mais significativo veio aumentar as apreensões e foi preciso reconhecer que a segurança estava mais do

148

— É um cachimbo! — disse Gordon.

que nunca comprometida. No dia vinte e quatro, cerca de nove horas da manhã, Briant e Gordon tinham ido além do rio Zelândia, a fim de ver se não seria oportuno estabelecer uma espécie de muralha pelo estreito caminho que circulava entre o lago e o pântano. Ao abrigo de tal muralha, seria fácil a Doniphan e aos melhores atiradores emboscarem rapidamente para o caso em que a chegada de Walston fosse assinalada a tempo. Ambos encontravam-se a trezentos passos além do rio, quando Briant pôs o pé sobre um objeto que esmagou. Não prestara atenção, pensando que era uma daquelas conchas que apareciam aos milhares, trazidas pelas grandes marés que invadiam as planícies do brejo do Sul. Mas Gordon, que caminhava atrás, deteve-se e disse:

— Espere, Briant, espere!

— O que há?

Gordon curvou-se e apanhou o objeto esmagado.

— Olhe! — disse ele.

— Não é uma concha — respondeu Briant, — é...

— Um cachimbo.

Efetivamente Gordon tinha na mão os restos de um cachimbo, cujo cano acabava de ser quebrado rente ao fornilho.

— Uma vez que nenhum de nós fuma — disse Gordon, — é porque este cachimbo foi perdido por...

— Por um dos homens do bando — completou Briant.

— A menos que tenha pertencido ao náufrago francês que nos precedeu na ilha Chairman...

— Não! A fratura é fresca e o cachimbo não podia ter pertencido jamais a Francisco Baudoin, morto há mais de vinte anos. Deve ter caído recentemente e o resto de tabaco demonstra-o de modo indiscutível. Portanto, alguns dias antes, algumas horas talvez, um dos companheiros de Walston, ou o próprio Walston, chegou até esta margem do lago da Família.

Gordon e Briant voltaram imediatamente à Gruta Francesa. Cate, a quem Briant apresentou o cachimbo, pôde afirmar que o tinha visto nas mãos de Walston.

150

Não havia, portanto, dúvida alguma de que os malfeitores tivessem contornado a ponta extrema do lago. Talvez, durante a noite, tivessem ido à borda do rio Zelândia. Se a Gruta Francesa estivesse à vista, se Walston soubesse qual era, o pessoal da pequena colônia, não teria vindo ao seu pensamento que havia ali ferramentas, instrumentos, munições, provisões e tudo aquilo do que estava privado e que sete homens vigorosos facilmente dominariam quinze rapazolas — sobretudo se conseguissem surpreendê-los? De qualquer modo, não havia mais razão para duvidar de que o bando se aproximava cada vez mais.

Em face desses acontecimentos ameaçadores, Briant, de acordo com seus companheiros, organizou-se para vigilância mais ativa ainda. Durante o dia, um posto de observação foi estabelecido permanentemente sobre a crista da colina Auckland, a fim de que qualquer aproximação suspeita, quer do lado do pântano, quer do lado do bosque das Armadilhas, quer do lado do lago, pudesse ser imediatamente assinalada. Durante a noite dois dos grandes ficariam de guarda à entrada do salão e do armazém para escutar os ruídos do exterior. As duas portas foram consolidadas por meio de estacas e num instante seria possível barricá-las com grandes pedras que foram amontoadas no interior da Gruta Francesa. Quanto às estreitas janelas, perfuradas na parede e que serviam de apoio aos dois pequenos canhões, uma defenderia a fachada do lado do rio Zelândia e a outra a do lado do lago da Família. Além disso, os fuzis e os revólveres ficaram prontos a atirar ao menor movimento de alerta.

Cate aprovava todas as medidas. Procurava, porém, não deixar transparecer nada de suas inquietações, justificadas aliás, infelizmente, quando pensava nas probabilidades incertas de luta com os marinheiros do *Severn*. Ela os conhecia. Poderiam agir de surpresa, a despeito da mais severa vigilância. E, para combatê-los, encontrariam apenas alguns rapazes novos dos quais o mais velho tinha dezesseis anos incompletos! Realmente, a luta seria demasiado desigual! Por que o corajoso Evans não estava com eles? Por que não tinha

151

acompanhado Cate em sua fuga? Talvez soubesse organizar melhor a defesa, pondo a Gruta Francesa em estado de resistir aos ataques de Walston! Infelizmente, Evans devia estar sendo vigiado, se seus companheiros já não se tivessem desfeito dele, como testemunha perigosa e da qual não tinham mais necessidade para conduzir a chalupa às terras vizinhas.

Tais eram as reflexões de Cate. Não era por si que temia, era por aqueles meninos, sobre os quais velava sem cessar, bem secundada por Moko.

Estava-se a vinte e sete de novembro. Fazia dois dias que o calor era abafante. Grandes nuvens passavam pesadamente sobre a ilha e alguns trovões longínquos anunciavam tempestade. O barômetro indicava próxima luta dos elementos. Briant e seus camaradas entraram mais cedo do que habitualmente no salão, depois de tomar a precaução — como se fazia desde algum tempo — de trazer a canoa para o interior do armazém. Então, com as portas bem fechadas, cada um esperou a hora da refeição, depois de rezarem em comum e recordarem as famílias distantes.

Perto das nove e meia, a tempestade estava no auge de sua força. O salão iluminava-se com a luz intensa dos relâmpagos que penetravam através dos vãos. Os trovões propagavam-se continuamente e parecia que o maciço da colina Auckland estremecia ao repercutir os ribombos ensurdecedores. Era um desses meteoros sem chuva nem vento e que por isso mesmo são mais temíveis, pois as nuvens imobilizadas descarregam no próprio local toda a carga elétrica nelas acumulada.

Costar, Dole, Iverson e Jenkins, acocorados no fundo de suas camas, tinham sobressaltos a cada descarga. De vez em quando, Briant, Doniphan ou Baxter se levantavam e entreabriam a porta, entrando de novo imediatamente, meio cegos pelos relâmpagos, depois de rápido olhar lançado lá fora. O espaço estava em fogo e o lago refletindo as fulgurações do céu, parecia coberto por um lençol de chamas.

Das dez às onze horas nem um só instante amainou a tempestade. Somente um pouco antes de meia-noite houve tendên-

152

cia a calmaria. Intervalos cada vez maiores separavam os trovões, cuja violência diminuía com a distância. O vento levantou-se então, varrendo as nuvens que se tinham aproximado do solo e a chuva não tardou a cair em torrentes. Os pequenos começaram a ficar mais tranqüilos. Duas ou três cabeças enterradas nas cobertas aventuraram-se a aparecer, se bem que fosse hora de dormir para todo mundo. Briant e os outros, tendo tomado as precauções habituais, iam se deitar quando Fido deu sinais de inexplicável agitação. Erguia-se sobre as patas, lançava-se para a porta do salão, dava grunhidos surdos e contínuos.

— Será que Fido pressentiu alguma coisa? — disse Doniphan tentando acalmar o cão.

— Em muitas outras circunstâncias — observou Baxter — ele já ficou assim e nunca se enganou!

— Antes de nos deitarmos, é preciso saber o que isso significa — acrescentou Gordon.

— Seja — disse Briant, — mas que ninguém saia e estejamos prontos para a defesa!

Cada um pegou seu fuzil e seu revólver. Depois, Doniphan avançou para a porta do salão e Moko para a porta do armazém. Nenhum percebeu qualquer ruído no exterior, se bem que a agitação de Fido continuasse. Pôs-se mesmo a latir com tal violência que Gordon não conseguiu acalmá-lo. Se já era possível, nos instantes de calma, ouvir o som de um passo sobre a areia, com mais forte razão seriam ouvidos do exterior os latidos de Fido.

Subitamente explodiu uma detonação que não se podia confundir com o trovão. Era um tiro que acabava de ser dado a menos de duzentos passos da Gruta Francesa. Todos ficaram na defensiva. Doniphan, Baxter, Wilcox, Cross, armados de fuzis e postados nas duas portas, estavam prontos a fazer fogo sobre quem quer que tentasse forçá-la. Os outros começaram a fortificá-las com as pedras preparadas para tal objetivo, quando uma voz gritou de fora:

153

— Socorro!.... Socorro!...

Havia ali um ser humano em perigo de morte, sem dúvida, e que reclamava assistência...

— Socorro! — repetia a voz, a poucos passos somente.

Cate perto da porta escutava...

— É ele — exclamou.

— Ele?... — disse Briant.

— Abra!... Abra!... — repetia Cate.

A porta abriu-se e um homem encharcado precipitou-se no salão.

Era Evans, o mestre do *Severn*.

Um homem encharcado precipitou-se no salão.

11
LOCALIZAÇÃO DA ILHA CHAIRMAN

A princípio, Gordon, Briant e Doniphan ficaram imóveis ante a aparição inesperada de Evans. Depois, instintivamente, lançaram-se para o mestre como se estivessem diante de um salvador.

Era homem de vinte cinco a trinta anos, ombros largos, tronco vigoroso, olhos vivos, fronte larga, fisionomia inteligente e simpática, caminhar firme e resoluto, rosto em parte oculto pela barba crescida, que estava por fazer desde o naufrágio do *Severn*.

Mal entrou Evans voltou-se e foi apoiar o ouvido na porta. Nada ouvindo, avançou até ao meio do salão. Ali, olhou, à luz da lanterna, o pequeno mundo que o rodeava e murmurou:

— Sim!... Crianças!... Só crianças!...

Cate dirigia-se para ele:

— Cate!... — exclamou ele. — Cate, viva!

Tomou-lhe as mãos para certificar-se bem de que não eram mãos de morta.

— Sim, viva como você, Evans! — respondeu Cate. — Deus salvou-me como salvou você, e foi Ele quem o mandou em socorro dessas crianças!

O mestre contava com o olhar os meninos reunidos em torno da mesa do salão.

— Quinze! E apenas cinco ou seis em estado de defender-se! Não importa!

— Corremos perigo de um ataque? — perguntou Briant.

— Não, meu rapaz. Por agora, não! — respondeu Evans.

Todos queriam conhecer a história do mestre e principalmente o que havia acontecido desde que a chalupa fora lançada sobre os Recifes do Severn. Ninguém poderia dormir sem ter ouvido a narrativa, que era para eles de tão alta importância. Mas, antes, convinha que Evans trocasse as roupas molhadas e comesse algo. Se suas vestes estavam encharcadas, é porque atravessara a nado o rio Zelândia. Estava esgotado de fadiga e de fome, porque não comia havia doze horas e desde a madrugada não pudera repousar um só instante.

Briant o fez passar imediatamente para o armazém, onde Gordon pôs à sua disposição boas roupas de marinheiro. Depois disto, Moko serviu-lhe caça fria, biscoitos, algumas xícaras de chá quente e um bom copo de aguardente. Um quarto de hora depois, Evans, sentado diante da mesa do salão, fazia a narrativa dos acontecimentos, desde que os marinheiros do *Severn* haviam sido jogados sobre a ilha.

— Alguns instantes antes de encalhar a chalupa — disse ele, — cinco dos homens, eu incluído, foram lançados sobre as rochas dos recifes. Nenhum de nós foi gravemente ferido no acidente. Nada de contusões, nada de fraturas. Mas o difícil foi sair da ressaca, no meio da escuridão e num mar furioso.

"Depois de grandes esforços, chegamos sãos e salvos, fora do alcance das vagas, Walston, Brandt, Rock, Cook, Cope e eu. Faltavam dois, Forbes e Pike. Teriam sido tragados por algum vagalhão ou teriam se salvo quando a chalupa atingiu a praia? Não o sabíamos. No que respeita a Cate, eu pensava que tinha sido arrastada pelas ondas e não pensava em vê-la nunca mais".

E dizendo isto, Evans não procurava esconder sua emoção, nem a alegria que experimentava por haver encontrado a corajosa mulher, que, como ele, escapara ao massacre do *Severn*. Depois de terem estado à mercê dos assassinos, ambos estavam agora fora do seu poder e talvez fora de seu alcance no futuro.

— Quando chegamos à praia, foi preciso algum tempo para encontrar a chalupa. Devia ter encalhado às sete horas da noi-

157

te aproximadamente, e era perto de meia-noite quando a encontramos emborcada sobre a areia. É que nós tínhamos primeiro descido ao longo da costa de... — continuou Evans.

— Dos Recifes do Severn — disse Briant. — É o nome que lhe deram alguns de nossos companheiros que descobriram a embarcação do *Severn*, antes mesmo de Cate nos ter contado seu naufrágio...

— Antes?... — indagou Evans muito surpreendido.

— Sim, mestre Evans — disse Doniphan. — Tínhamos chegado àquele local na noite do naufrágio, quando seus dois companheiros estavam ainda estendidos sobre a areia! Mas quando clareou o dia e fomos prestar-lhes assistência, tinham desaparecido.

— Efetivamente — continuou Evans, — e vejo como tudo se encaixa! Forbes e Pike, que acreditamos afogados — e prouvera aos céus que o estivessem, o que seria menos dois dos sete marinheiros, — tinham sido jogados a pouca distância da chalupa. Foi ali que foram encontrados por Walston e os outros, que os reanimaram com alguns goles de gim.

"Felizmente para eles — e infelicidade para nós — as arcas da embarcação não tinham sido quebradas durante o encalhe nem atingidas pela água do mar. As munições, as armas, cinco fuzis de bordo e o que restava das provisões, embarcadas precipitadamente durante o incêndio do *Severn*, tudo isto foi retirado da chalupa, pois era possível que ela fosse destruída pela maré próxima. Isto feito, abandonamos o local do naufrágio, seguindo a costa na direção do leste.

"Neste momento um dos bandidos — Rock, creio eu — observou que não tínhamos encontrado Cate. Ao que Walston respondeu: "Ela foi carregada por uma onda!... Ficamos livres dela!" Isto me fez pensar que, se o bando se felicitava por desembaraçar-se de Cate, agora que não tinham mais necessidade dela, aconteceria o mesmo com o mestre Evans, quando não tivessem mais necessidade dele. Mas onde estava você, então, Cate?"

— Estava perto da chalupa, do lado do mar — respondeu Cate, — e no lugar onde fora jogada... Não me podiam ver e eu ouvi tudo o que foi dito entre Walston e os outros... Mas, depois que se foram, Evans, eu me levantei e, para não cair nas mãos de Walston, fugi, dirigindo-me para o lado oposto. Trinta e seis horas mais tarde, meio morta de fome, fui recolhida por esses excelentes meninos e conduzida à Gruta Francesa.

— Gruta Francesa?... — repetiu Evans.

— É o nome de nossa moradia — respondeu Gordon, — em homenagem a um náufrago francês que a tinha habitado muitos anos antes de nós!

— Gruta Francesa?... Recifes do Severn?... Vejo, meus meninos, que vocês deram nomes às diversas partes desta ilha! É bonito, isto!

— Sim, mestre Evans, bonitos nomes — replicou Service.

— E há muitos outros: lago da Família, Terra das Dunas, brejo do Sul, rio Zelândia, bosque das Armadilhas...

—Bom!... Bom!... Vocês me ensinarão tudo isso... mais tarde... amanhã!... Antes disso, continuo a minha história. Não se ouve nada de fora?...

— Nada — respondeu Moko, que se mantinha de guarda junto à porta do salão.

— Ótimo! — disse Evans. — Eu continuo... Uma hora depois de ter abandonado a embarcação, tínhamos atingido uma cortina de árvores, onde nosso acampamento foi estabelecido. No dia seguinte e durante alguns dias voltamos ao local onde encalhara a chalupa e tentamos consertá-la. Sem ferramentas, a não ser um machado, foi impossível remendar seus bordos arrombados e pô-la em estado de enfrentar o mar, mesmo para pequenas travessias. Além disso, o local era muito incômodo para trabalho de tal gênero. Partimos, então, a fim de procurar acampamento em região menos árida, onde a caça pudesse fornecer nossa alimentação cotidiana e, ao mesmo tempo, perto de um rio, onde encontrássemos água doce, pois nossa provisão estava completamente esgotada. Depois de seguirmos a costa durante doze milhas, encontramos um pequeno rio...

— O rio do Leste — disse Service.

— Seja, o rio do Leste! — respondeu Evans. — Lá no fundo de vasta baía...

— Baía da Decepção! — interrompeu Jenkins.

— Seja, baía da Decepção — concordou Evans sorrindo. — Havia no meio das rochas um porto...

— Pedra do Urso! — exclamou Costar por sua vez.

— Pedra do Urso! — respondeu Evans, que aprovou com movimento de cabeça. — Nada mais fácil do que nos instalarmos naquele local. Se pudéssemos conduzir para ali a chalupa, que a primeira tempestade acabaria por demolir, talvez conseguíssemos consertá-la. Voltamos então para procurá-la e quando a descarregamos, foi posta a flutuar. Depois, se bem que tivesse água até a madrugada; conseguimos arrastá-la ao longo da margem e trazê-la para o porto, onde agora está em segurança.

— A chalupa está na Pedra do Urso?... — disse Briant.

— Sim, meu rapaz, e creio que não será impossível repará-la se tivermos as ferramentas necessárias.

— Mas nós temos essas ferramentas , mestre Evans — respondeu vivamente Doniphan.

— Oh! Foi o que Walston supôs, quando o acaso lhe fez saber que a ilha era habitada e por quem era.

— Como o pôde saber?... — perguntou Gordon.

— Faz oito dias, Walston, seus companheiros e eu — pois nunca me deixavam só — tínhamos ido fazer reconhecimento através da floresta. Depois de três ou quatro horas de marcha, subindo o curso do rio do Leste, chegamos às bordas de vasto lago, donde saía o curso de água. E lá, imaginem nossa surpresa, encontramos um aparelho estranho encalhado na margem... Era uma espécie de carcaça de junco com lona estendida...

— Nosso papagaio! — exclamou Doniphan.

— Nosso papagaio, que tinha caído no lago — acrescentou Briant — e que o vento levou para lá.

— Ah! Era um papagaio? — estranhou Evans. — Palavra, nós não adivinhamos e o aparelho nos deixou intriga-

160

Conseguiram arrastá-la ao longo da margem.

dos! Em todo caso, alguém o tinha feito. Fora fabricado na ilha!... Nenhuma dúvida a tal respeito! A ilha era portanto habitada! Por quem?... Era o que importava a Walston saber. Quanto a mim, desde esse dia, tomei a decisão de fugir. Fossem quais fossem os habitantes desta ilha, mesmo que fossem selvagens, não podiam ser piores que os assassinos do *Severn*. Desde tal momento, fui vigiado noite e dia!...

— E como descobriram a Gruta Francesa? — perguntou Baxter.

— Lá chegarei — respondeu Evans. — Mas, antes de continuar minha narrativa, digam-me, meus meninos, para que lhes serviu o enorme papagaio? Era um sinal?

Gordon contou o que tinha sido feito, com qual objetivo, como Briant arriscara a vida pela salvação de todos e de que modo pudera verificar que Walston estava ainda na ilha.

— Você é um garoto audacioso! — respondeu Evans, que pegou a mão de Briant e sacudiu-a amistosamente.

Depois, continuou:

— Vocês compreendem, Walston queria saber quem eram os habitantes desta ilha. Se fossem indígenas, poderiam, talvez, entender-se com ele. Se fossem náufragos, poderiam, talvez, ter as ferramentas que lhe faltavam. Neste caso não lhes recusariam ajuda para pôr a chalupa em estado de navegar. As pesquisas começaram, então, com muita prudência. Só se avançava pouco a pouco, explorando as florestas da margem direita do lago para aproximarmo-nos da sua ponta sul. Mas nenhum ser humano foi percebido. Nenhuma detonação se ouviu.

— Isso era — disse Briant — para que ninguém se afastasse mais da Gruta Francesa e foi proibido dar um único tiro!

— Entretanto, vocês foram descobertos! — continuou Evans. — E como poderia ser de outro modo? Um dos companheiros de Walston chegou à vista da Gruta Francesa pela margem meridional do lago. A má sorte quis que, em dado momento, entrevisse um clarão que se filtrava através das paredes da

162

Walston, escondido entre as árvores, descobriu a pequena colônia.

falésia — sem dúvida um clarão de lanterna, que a porta, um instante entreaberta, deixara passar. No dia seguinte, Walston dirigiu-se para este lado e, durante uma parte da noite, ficou escondido entre as altas ervas a alguns passos do rio...

— Nós sabíamos — disse Briant.

— Vocês sabiam?...

— Sim, pois, nesse local, Gordon e eu encontramos fragmentos de um cachimbo que Cate reconheceu sendo o de Walston!

— Exato! — continuou Evans. — Walston perdera-o durante sua excursão, o que, de regresso, pareceu contrariá-lo muito. Mas, então, a existência da pequena colônia era-lhe conhecida. De fato, durante o tempo em que esteve acocorado entre as árvores, viu a maioria de vocês ir e vir pela margem direita do curso de água... Não havia ali senão uns rapazolas, que sete homens liquidariam facilmente! Walston voltou para dar conhecimento do que havia visto. Uma conversação que surpreendi entre Brandt e ele fez-me conhecer o que se preparava contra a Gruta Francesa...

— Monstros! — exclamou Cate. — Não teriam piedade destas crianças...

— Não, Cate — respondeu Evans, — não mais do que tiveram do capitão e dos passageiros do *Severn*! Monstros!... Você classificou-os bem e são comandados pelo mais cruel, aquele Walston, que, eu o espero, não escapará ao castigo de seus crimes!

— Enfim, Evans, você conseguiu fugir, graças a Deus!

— Sim, Cate. Há doze horas mais ou menos pude aproveitar-me da ausência de Walston e dos outros, que me deixaram vigiado por Forbes e Rock. O momento pareceu-me bom para fugir. Quanto a despistar os dois bandidos, ou pelo menos distanciá-los, se conseguisse pôr entre eu e eles alguma distância, isso dependia de mim! Eram cerca de dez horas da manhã quando me lancei através da floresta... Quase imediatamente Forbes e Rock perceberam e começaram a me perseguir. Estavam armados de fuzis... Eu não tinha senão minha faca de marinheiro para defender-me e minhas pernas para correr. A perseguição durou todo o

164

dia. Cortando o bosque cheguei à margem esquerda do lago. Era preciso ainda contornar a ponta, pois, pela conversa que tinha escutado, sabia que vocês estavam estabelecidos nas bordas de um rio que corria para o oeste. Na verdade, nunca corri tanto na minha vida, nem tanto tempo! Perto de trinta quilômetros! Mil diabos! Os bandidos corriam tão depressa como eu e suas balas voavam mais depressa ainda. Por várias vezes passaram assobiando pelas minhas orelhas. Imaginem! Eu sabia o seu segredo! Se eu lhes escapasse, poderia denunciá-los! Precisavam me capturar. Palavra! Se não tivessem armas de fogo, eu os teria enfrentado com a minha faca na mão! Sim, Cate! Preferia morrer a voltar ao acampamento com aqueles bandidos. Entretanto, esperava que essa danada perseguição acabasse com a noite!... Mas não. Eu já tinha ultrapassado a ponta do lago, subia pelo outro lado, mas sentia sempre Forbes e Rock nos meus calcanhares. A tempestade que se armava, há horas antes, desabou então. Ela tornou minha fuga mais difícil, pois à luz dos relâmpagos eles podiam avistar-me entre os juncos! Finalmente, eu chegara a uma centena de passos do rio... Se conseguisse transpô-lo, poderia considerar-me salvo! Eles nunca se aventurariam a transpô-lo, sabendo que estavam na vizinhança da Gruta Francesa. Então, corri e ia atingir a margem esquerda, quando um último relâmpago iluminou o espaço. Imediatamente uma detonação ecoou ...

— A que nós ouvimos? — perguntou Doniphan.

— Evidentemente! Uma bala passou raspando meu ombro... Dei algumas braçadas e estava na outra margem escondido entre a vegetação, enquanto Rock e Forbes chegavam à margem oposta e me julgaram morto, como afirmaram. Ali! Malditos! Vocês verão se eu estou morto!... Instantes depois, sai da vegetação e dirigi-me para o ângulo da falésia... ouvi latidos... Chamei!... A porta da Gruta Francesa abriu-se. E agora — acrescentou Evans estendendo a mão na direção do lago — somos nós, meus rapaz ', que temos que acabar com aqueles miseráveis e libertar a ilha.

Pronunciava estas palavras com uma tal energia que todos se levantaram prontos a segui-lo.

165

Foi preciso então fazer a Evans a narrativa do que se passava havia vinte meses na ilha.

— Em vinte meses nenhuma embarcação apareceu à vista da ilha? — perguntou Evans.

— Pelo menos nós não avistamos — respondeu Briant.

— Puseram sinais?

— Sim! Um pavilhão, no mais alto cume da falésia.

— E não foi percebido?

— Não, mestre Evans — respondeu Doniphan. — Nós o retiramos há seis semanas, para não chamar a atenção de Walston.

— E fizeram bem, rapazes! Agora, é verdade, esse canalha sabe quem são vocês! Assim noite e dia, estaremos atentos!

— Deus, que protegeu vocês até agora, meus filhos — interveio Cate, — não os abandonará! Ele enviou-nos o bravo Evans e com ele...

— Evans!... Hurra para Evans! — exclamaram de uma só vez todos os jovens colonos.

— Contem comigo, meus rapazes — respondeu o mestre, — como eu conto também com vocês. Prometo que nos defenderemos bem!

— E no entanto — continuou Gordon — se fosse possível evitar a luta, se Walston consentisse em deixar a ilha...

— Que quer dizer, Gordon?... — perguntou Briant.

— Quero dizer que estes bandidos teriam já partido se pudessem ter consertado a chalupa! Não é mesmo, mestre Evans?

— Sem dúvida.

— Pois bem! Se conversássemos com eles, se lhes fornecêssemos as ferramentas de que eles precisam? Sei bem que estabelecer relações com os assassinos do *Severn* deve repugnar! Mas, desembaraçar-nos deles, para impedir ataque que custaria muito sangue talvez!... Enfim, que pensa, disso, mestre Evans?

Evans tinha ouvido atentamente Gordon. Sua proposta denotava espírito prático, que não se deixava levar por atos im-

Uma bala passou raspando o ombro de Evans.

pensados, e caráter que o levava a encarar a situação com calma. Pensou — e não se enganava que aquele devia ser o mais seguro de todos e sua observação pareceu-lhe digna de ser discutida.

— Com efeito, senhor Gordon, não importa qual seja o meio para livrar-se da presença de tais malfeitores. Por isso, se eles consentissem em partir depois de reparada a chalupa, seria melhor do que entrar em luta, cujos resultados não se podem prever. Mas fiar-se em Walston é impossível. Se entrássemos em contacto com ele, aproveitaria para tentar apanhar de surpresa a Gruta Francesa, para apossar-se do que lhes pertence! Poderá ainda imaginar que vocês salvaram algum dinheiro do naufrágio! Acreditem-me, esses bandidos só pensarão em fazer-lhes mal em troca do bem que receberem. Naquelas almas não há lugar para o reconhecimento! Entender-se com eles é entregar-se...

— Não!... Não!... — exclamaram Baxter e Doniphan, a quem se juntaram os companheiros com energia que fazia prazer ao mestre.

— Não! — acrescentou Briant. — Nada tenhamos em comum com Walston e seu bando!

— E depois — continuou Evans — não é só de ferramentas que eles precisam. É de munições! Que tenham ainda o bastante para tentar ataque é mais do que certo!... Mas, quando for preciso correrem outras paragens a mão armada, o que lhes resta de chumbo e pólvora não bastará! Pedirão a vocês!... Exigirão!... E vocês as darão?...

— Não, certamente! — respondeu Gordon.

— Pois bem, tentarão havê-las pela força! Vocês estarão recuando no combate e isto se fará em piores condições!

— O senhor tem razão, mestre Evans — disse Gordon. Fiquemos na defensiva e aguardemos!

— Sim, é a melhor atitude! Aguardemos, senhor Gordon. E penso assim por outra razão também!

— Qual?

— Escutem-me bem! Walston, vocês o sabem, não pode deixar a ilha senão com a chalupa do *Severn*!

— É evidente! — respondeu Briant.

— A chalupa é recuperável, eu afirmo, e se Walston não conseguiu pô-la para navegar, foi por falta de ferramentas...

— Se não fosse isso — disse Baxter — estaria longe?

— Exato. Portanto, se vocês fornecessem a Walston os meios de reparar a embarcação — admitindo que ele abandonasse a idéia de pilhar a Gruta Francesa — ele se apressaria a partir sem se importar com vocês.

— Que pena que não tenha podido ir! — exclamou Service.

— Com mil diabos! Se tivesse ido — respondeu Evans — como poderíamos fazê-lo, já que a chalupa não estaria mais aqui?

— O quê, mestre Evans? — perguntou Gordon. — O senhor conta com aquela embarcação para sair da ilha?

— Seguramente, senhor Gordon!

— Para chegar à Nova Zelândia, para atravessar o Pacífico? — acrescentou Doniphan.

— O Pacífico... Não meus amigos — respondeu, — mas para chegar a um ponto pouco distante, onde aguardaríamos a oportunidade para voltar a Auckland!

— O senhor está falando sério? — exclamou Briant.

E, ao mesmo tempo, dois ou três rapazes quiseram interrogar o mestre sobre uma porção de coisas.

— Como a chalupa poderia enfrentar a travessia de várias centenas de quilômetros? — indagou Baxter.

— Várias centenas de quilômetros? — respondeu Evans. — Absolutamente! Sessenta somente!

— Então não é o mar que se estende em torno da ilha? — perguntou Doniphan.

— A oeste, sim! — respondeu Evans. — Mas ao sul, ao norte, a leste, são apenas canais que se podem atravessar facilmente em sessenta horas!

— Assim não nos enganávamos pensando que existiam terras na vizinhança? — disse Gordon.

— De modo algum.

— Sim... a leste! — exclamou Briant. — Aquela mancha esbranquiçada, depois aquele clarão que percebi naquela direção...

— Mancha esbranquiçada? — volveu Evans. É alguma geleira sem dúvida e o clarão é a chama dum vulcão, cuja situação deve estar assinalada nos mapas! Ora essa, meus amigos! Onde pensam que estão?

— Nalguma das ilhas isoladas do oceano Pacífico! — respondeu Gordon.

— Uma ilha?... Sim!... Isolada, não! Podem ficar sabendo que ela pertence a um dos numerosos arquipélagos que cobrem a costa da América do Sul! E, neste caso, se vocês deram nomes aos cabos, às baías, aos cursos de água desta ilha, vocês ainda não me disseram como é que vocês a chamam.

— A ilha Chairman, do nome do nosso pensionato –respondeu Doniphan.

— A ilha Chairman!... — continuou Evans. — Pois bem, ela ficará com dois nomes, pois já se chama ilha Hanôver!

Nesta altura, depois de ter procedido às medidas de vigilância habituais, todos foram repousar, depois de ter-se arranjado uma cama no salão para o mestre. Os jovens colonos encontravam-se, então, sob impressão dupla, feita para perturbar-lhes o sono. Por um lado, a perspectiva de luta sangrenta e por outro a possibilidade de se repatriarem...

Mestre Evans havia deixado para o dia seguinte o resto de suas explicações. Indicaria, então, sobre o atlas, qual a posição exata da ilha Hanôver. E, enquanto Moko e Gordon velavam, a noite transcorreu tranqüilamente na Gruta Francesa.

12
ASTÚCIA CONTRA ASTÚCIA

O estreito de Magalhães é um canal com cento e oitenta milhas de comprimento, aproximadamente, cuja curva se desenha de oeste a leste, desde o cabo das Virgens, sobre o Atlântico, até o cabo dos Pilares, no Pacífico. É emoldurado por costas bem acidentadas, dominado por montanhas de mil metros acima do nível do mar, cavado de baías, ao fundo das quais se multiplicam os portos de refúgio — ricos em aguadas, onde os navios podem, sem sacrifício, renovar sua provisão de água. Cercam-no florestas espessas onde abunda a caça e retumbam quedas de água que se precipitam aos milhares em seus inúmeros riachos, oferecendo aos navios vindos do leste ou do oeste passagem mais curta do que a de Lemaire, entre a Terra dos Estados e a Terra do Fogo, menos batida pelas tempestades do que a do cabo Horn.

Os espanhóis, que foram os únicos a visitar as terras do estreito durante meio século, fundaram sobre o istmo de Brunswick o estabelecimento de Porto Famine. Aos espanhóis sucederam-se os ingleses, depois os holandeses e finalmente os franceses.

Desde então, o estreito de Magalhães tornou-se via freqüentada para a passagem de um oceano a outro, sobretudo depois que a navegação a vapor, que não conhece ventos desfavoráveis nem correntes contrárias, permitiu a travessia em condições de navegabilidade excepcionais.

Era esse estreito que, no dia seguinte, vinte e oito de novembro, Evans mostrava no atlas a Briant e seus companheiros.

A Patagônia — extrema província da América do Sul, — a terra do Rei Guilherme e o istmo de Brunswick formavam o limite setentrional do estreito. Ao sul, é contornado pelo arquipélago de Magalhães, que compreende vastas ilhas, a Terra do Fogo, a Terra da Desolação, as ilhas Clarence, Hoste, Gordon, Navarin, Wollaston, Stewart e numerosas outras menos importantes, até ao último grupo das Hermitas, das quais a mais avançada entre os dois oceanos é também o último pico da alta cordilheira dos Andes e se chama cabo Horn.

A leste, o estreito de Magalhães alarga-se por um ou dois gargalos entre o cabo das Virgens, na Patagônia, e o cabo Espírito Santo, na Terra do Fogo. Mas o mesmo não acontece a oeste — como observou Evans. Desse lado, ilhotas, ilhas, arquipélagos, estreitos, canais, braços de mar misturam-se ao infinito. É por uma barra situada entre o promontório de Los Pilares e a ponta meridional da grande ilha Rainha Adelaide que o estreito desemboca no Pacífico. Acima se estende uma série de ilhas caprichosamente agrupadas, desde o estreito Lorde Nélson até ao grupo das Chonos e das Chiloë, confinando com a costa chilena.

— E agora — acrescentou Evans — vejam, além do estreito de Magalhães, uma ilha que simples canais separam da ilha Cambrígia ao sul, e das ilhas Madre de Deus e Chatam, ao norte. Pois bem, esta ilha sobre o qüinquagésimo primeiro grau de latitude, é a ilha Hanôver, à qual vocês deram o nome de Chairman, e que vocês habitam há mais de vinte meses!

Briant, Gordon e Doniphan, debruçados sobre o atlas, olhavam curiosamente a ilha que eles acreditaram distante de todas as terras e que estava tão vizinha da costa americana.

— Qual! — disse Gordon. — Estamos separados do Chile apenas por braços de mar? ...

— Sim, meus amigos — respondeu Evans. — Mas entre a ilha Hanôver e o continente americano só existem ilhas tão desertas como esta. E, uma vez chegando-se ao continente,

172

Briant, Gordon e Doniphan debruçavam-se sobre o mapa.

seria preciso transpor centenas de quilômetros antes de alcançar os portos do Chile ou da Argentina! A travessia é fatigante, sem contar os perigos, pois os índios Puelchos, que erram através dos pampas, são pouco hospitaleiros! Penso, portanto, que foi melhor para vocês não terem abandonado a ilha, já que a existência material estava aqui assegurada e já que, Deus ajudando, espero podermos deixá-la juntos!

Os diversos canais que contornavam a ilha Hanôver não mediam, em certos lugares, senão trinta a quarenta quilômetros de largura, e Moko, com tempo bom, teria podido atravessá-los sem sacrifício, apenas com a sua canoa. Se Briant, Gordon e Doniphan, quando de suas excursões ao norte e a leste, não tinham podido perceber outras terras, é porque elas são baixas. Quanto à mancha esbranquiçada era uma das geleiras do interior, e a montanha em erupção, um dos vulcões das terras de Magalhães.

O acaso os havia conduzido precisamente aos pontos do litoral que mais se distanciavam das ilhas vizinhas. É verdade que, quando Doniphan alcançou as costas dos Recifes do Severn, talvez pudesse perceber a costa meridional da ilha Chatam, se, naquele dia, o horizonte escurecido com as nuvens pesadas do temporal, estivesse visível. Para perceber as terras vizinhas, teria sido preciso se transportarem quer ao cabo Norte — de onde se pode ver a extremidade da ilha Chatam e a ilha Madre de Deus, além do estreito da Conceição, — quer ao cabo do Sul, do qual se podem entrever as pontas das ilhas Rainha, Rainha Adelaide ou Cambrígia, quer finalmente ao litoral extremo da Terra das Dunas, que é dominada pelos cumes da ilha Owen ou pelas geleiras das terras do sudeste.

Ora, os jovens colonos nunca tinham levado suas excursões até esses pontos distantes. Quanto ao mapa de Francisco Baudoin, Evans não pôde explicar por que tais ilhas e terras não estavam ali indicadas. Uma vez que o náufrago francês tinha podido determinar tão exatamente a configuração da ilha Hanôver, é porque tinha feito toda a volta.

174

Deveria, então, admitir-se que as brumas tivessem restringido o alcance de sua visão a poucos quilômetros?

E, agora, no caso em que conseguissem apossar-se da chalupa do *Severn* e repará-la, para que lado Evans a dirigiria? Foi a pergunta que lhe fez Gordon.

— Meus amigos — respondeu Evans, — não irei nem para o norte nem para o leste. Quanto mais longe navegarmos, melhor será. Evidentemente, com brisa bem firme, a chalupa poderia conduzir-nos a qualquer porto chileno, onde seríamos bem acolhidos. Mas o mar está extremamente revolto nestas costas, enquanto os canais do arquipélago nos oferecerão sempre travessia bastante fácil.

— Sem dúvida — respondeu Briant. — Então, encontraremos portos naquelas paragens e, assim, meios de repatriar-nos?

— Exato — respondeu Evans. — Olhem. Vejam o mapa. Depois de transpor as barras do arquipélago da Rainha Adelaide, aonde chegaremos pelo canal de Smyth? No estreito de Magalhães, não é? Pois bem, quase à entrada do estreito está situado o porto de Tamar, que pertence à Terra da Desolação e lá estaremos a caminho do regresso.

— E se não encontrarmos ali nenhum navio — perguntou Briant, — esperaremos que passe algum?

— Não, senhor Briant. Siga-me mais além, através do estreito de Magalhães. Está vendo este grande istmo de Brunswick? É aqui, no fundo da baía de Fortescue, no Porto Galante, que as embarcações estacionam muitas vezes. Será preciso ir além e dobrar o cabo Forward ao sul do istmo. Aqui está a baía São Nicolau ou baía de Bougainville, onde se detém a maioria dos navios que transpõem o estreito Finalmente, além ainda, está Porto Famine e, mais ao norte, Punta Arenas.

O mestre tinha razão. Uma vez entrando no estreito, a chalupa teria numerosos pontos de pouso. Nestas condições, o repatriamento estava assegurado, sem falar do encontro de navios que se dirigem para a Austrália ou Nova Zelândia. Se

175

o Porto Tamar, Porto Galante e Porto Famine não oferecem senão parcos recursos, Punta Arenas, ao contrário, é provida de tudo quanto é necessário à existência.

De resto, na época atual, existem mais ao sul outros núcleos que são visitados pelas expedições científicas, tais como a estação de Liwya, sobre a ilha Navarin e principalmente a de Ooshooia, no canal de Beagle, abaixo da Terra do Fogo. Esta última, graças ao devotamento de missionários ingleses, auxilia muito o conhecimento dessas regiões, onde os franceses deixaram numerosos vestígios de sua passagem.

A salvação dos jovens colonos seria portanto certa se conseguissem alcançar o estreito. Para atingi-lo, é verdade, era necessário consertar a chalupa do *Severn* e, para consertá-la, apossarem-se dela, o que não seria possível senão depois de reduzir à impotência Walston e seus cúmplices. Se, ao menos, a embarcação tivesse ficado no local onde Doniphan a havia encontrado, sobre a costa Recifes do Severn, talvez fosse possível tentar capturá-la. Walston, no momento instalado a trinta quilômetros de lá, no fundo da baía da Decepção, nada saberia de tal tentativa. Evans poderia conduzir a chalupa à embocadura do rio Zelândia e subir o rio até a altura da Gruta Francesa. Ali, o conserto seria empreendido em melhores condições sob a direção do mestre. Depois, com a embarcação aparelhada, carregada de munições, provisões e alguns objetos que seria pena abandonar, se afastariam da ilha, antes que os malfeitores estivessem em condições de atacá-los.

Por infelicidade, o plano não era possível. A questão da partida não podia ser decidida senão pela violência, fosse tomando a ofensiva, fosse mantendo-se na defensiva. Nada havia a fazer enquanto não se enfrentasse os marinheiros do *Severn*!

Evans inspirava confiança absoluta aos jovens colonos. Cate tinha falado dele em termos calorosos! Desde que o mestre pudera cortar o cabelo e a barba, seu rosto corajoso e franco tinha aspecto tranqüilizador. Era enérgico e bravo, e sentia-se que era também bom e portador de caráter resoluto, capaz de qualquer devotamento. Em verdade, como o dissera Cate, era mesmo um enviado do céu que acabava de aparecer na Gruta Francesa, um homem finalmente no meio daquelas crianças!

Imediatamente o mestre quis conhecer os recursos de que poderia dispor sob o ponto de vista da resistência. O armazém e o salão pareceram-lhe dispostos de modo propício à defensiva. Um dominava a margem e o curso do rio, e o outro, o Terraço dos Esportes, até a beira do lago. As aberturas permitiriam atirar naquelas direções com segurança. Com seus oito fuzis, os assediados poderiam manter os assaltantes a distância e, com os dois pequenos canhões, metralhá-los, se resolvessem se aventurar até a Gruta Francesa. Quanto aos revólveres, aos machados, aos facões de bordo, todos saberiam servir-se deles, se houvesse combate corpo a corpo.

Evans aprovou a idéia de Briant de amontoar no interior as pedras necessárias a impedir que as duas portas pudessem ser arrombadas. Se por dentro os defensores seriam relativamente fortes, por fora seriam fracos. Eram apenas seis rapazes de treze a quinze anos, contra sete homens vigorosos, habituados ao manejo das armas.

— O senhor considera-os malfeitores temíveis, mestre Evans? — perguntou Gordon.

— Sim, senhor Gordon, muito!

— Salvo um deles, que não está inteiramente perdido, talvez! — disse Cate. — É Forbes, que me salvou a vida...

— Forbes? — estranhou Evans. — Com mil diabos! Ele tomou parte igual no massacre do *Severn*! O miserável também ajudou Rock a perseguir-me e atirou em mim como num animal selvagem! Não se congratulou quando supôs que eu estivesse afogado no rio? Não, boa Cate, receio muito que não valha mais do que os outros! Se a poupou, é porque sabia que aqueles bandidos tinham ainda necessidade de seus serviços e não ficaria atrás quando se tratasse de marchar contra a Gruta Francesa

Entrementes, passaram-se alguns dias. Nada de suspeito fora assinalado pelos jovens colonos encarregados de observar as redondezas do alto da colina Auckland. Isto não deixava de surpreender Evans. Veio-lhe a idéia que Walston procurava provavelmente empregar a astúcia em vez da força para penetrar na Gruta Francesa. Informou, então, a Briant, Gordon, Doniphan e Baxter, com os quais conferenciava mais vezes.

— Enquanto estivermos trancados na Gruta Francesa, Walston estará impedido de forçar uma ou outra porta, se não houver ninguém que a abra! Poderá, portanto, tentar penetrar pela astúcia...

— E como?... — perguntou Gordon.

— Vocês sabem, meus amigos, que só eu e Cate poderíamos denunciar Walston como chefe de bandidos, dos quais a pequena colônia devia temer o ataque. Ora, Walston não tem a menor dúvida de que Cate tenha perecido durante o naufrágio. Quanto a mim, submergi no rio, depois de ter recebido dois tiros de Rock e de Forbes. Vocês não ignoram que os ouvi congratularem-se com tão feliz desenlace. Walston deve, portanto, crer que vocês de nada sabem, nem mesmo da presença dos marinheiros na ilha, e que, se um deles se apresentasse na Gruta Francesa, o acolheriam como se acolhe qualquer náufrago. Ora, uma vez admitido um deles, seria muito fácil introduzir seus companheiros, o que tornaria impossível qualquer resistência!

— Pois bem — respondeu Briant, — se Walston ou qualquer outro do bando vier pedir-nos hospitalidade, nós o receberemos a tiros...

— A menos que seja mais astucioso recebê-lo de braços abertos — observou Gordon.

— Oh! Talvez, senhor Gordon! — concordou o mestre.

— Talvez seja melhor! Astúcia contra astúcia! Assim, apresentando-se o caso, veremos o que será melhor fazer!

A manhã do dia seguinte correu sem incidentes. O mestre, Doniphan e Baxter subiram um quilômetro em direção do bosque das Armadilhas, dissimulando-se atrás das árvores agrupadas na base da colina Auckland. Nada foi visto de anormal e Fido, que os seguia, não deu alarme. Mas de tarde, um pouco antes do pôr-do-sol, houve alerta. Webb e Cross, de guarda na falésia, desceram precipitadamente, assinalando a aproximação de dois homens que avançavam pela margem peridional do lago, de outro lado do rio Zelândia.

Cate e Evans, não querendo ser reconhecidos, entraram no armazém. Depois, olhando através de uma das portinholas, observaram os homens assinalados. Eram Rock e Forbes.

— Evidentemente — disse o mestre, — é através da astúcia que querem agir e vão apresentar-se aqui como marinheiros que acabam de escapar de naufrágio!

— Que fazer?... — perguntou Briant.

— Acolhê-los bem — respondeu Evans.

— Boa acolhida a esses miseráveis! — exclamou Briant. — Eu nunca poderia...

— Eu me encarrego disso — respondeu Gordon.

— Bem, senhor Gordon — disse o mestre. — E, sobretudo, que não desconfiem de nossa presença! Cate e eu iremos aparecer quando for oportuno.

Evans e Cate foram acocorar-se no fundo do corredor, cuja porta foi fechada. Alguns instantes depois, Gordon, Briant, Doniphan e Baxter foram até à borda do rio Zelândia. Ao avistá-los os dois fingiram surpresa extraordinária, que Gordon respondeu por surpresa não menor. Rock e Forbes pareciam exaustos e logo que chegaram ao curso de água trocaram as seguintes palavras, de uma para outra margem:

— Quem são vocês?

— Náufragos que acabam de perder-se ao sul da ilha, com a chalupa de três metros do *Severn*.

— São ingleses?...

— Não, americanos.

— E seus companheiros?...

— Morreram! Só nós escapamos do naufrágio e estamos exaustos!... Com quem estamos tratando?

179

— Com os colonos da ilha Chairman.

— Que os colonos tenham piedade de nós e nos acolham, pois estamos sem recursos...

— Os náufragos têm sempre direito à assistência de seus semelhantes — respondeu Gordon. — Serão bem-vindos!

A um sinal de Gordon, Moko embarcou na canoa que estava amarrada perto do pequeno dique e com algumas remadas trouxe os dois marinheiros para a margem direita do rio Zelândia.

Sem dúvida, Walston não tinha muita escolha, mas o rosto de Rock não era feito para inspirar confiança, mesmo a crianças, por pouco habituadas que estivessem a decifrar fisionomias humanas. Se bem que tentasse dar-se ares de pessoa decente, tinha evidente tipo de bandido, com sua testa estreita, cabeça alargando-se para trás e maxilar inferior pronunciado! Forbes — em quem os sentimentos de humanidade não estavam talvez extintos, no dizer de Cate — apresentava-se sob melhor aspecto. Era a razão provavelmente pela qual Walston o tinha mandado com o outro.

Ambos representaram seu papel de falsos náufragos. Todavia, com receio de despertarem suspeitas, e para evitarem perguntas mais objetivas, fingiram-se mais exaustos de fadiga do que de fome e pediram que lhes permitissem repousar e passar a noite na Gruta Francesa. Imediatamente, foram para lá conduzidos. Ao entrar — o que não escapou a Gordon, — não deixaram de lançar olhares investigadores sobre a disposição do salão. Pareceram mesmo muito surpreendidos ao verem o material defensivo que possuía a pequena colônia, sobretudo a peça de canhão assestada através da abertura.

Os jovens colonos tiveram que continuar seu papel, pois Rock e Forbes alegaram pressa de se deitarem, depois de terem adiado para o dia seguinte a narrativa de suas aventuras.

— Um simples catre nos bastará — disse Rock. — Mas como nós não queremos incomodá-los, se tivessem outro quarto, sem ser este...

180

Sob a luz da lanterna, Moko viu os dois bandidos arrastando-se para a porta.

— Sim — respondeu Gordon, — o que nos serve de cozinha. Podem entrar e ficar até amanhã!

Rock e seu companheiro passaram para o armazém, cujo interior examinaram num relance, depois de ter verificado que a porta dava para o rio. Os dois miseráveis deviam estar convencidos que para argumentar com aqueles inocentes não valia a pena dar muito trabalho à imaginação. Deitaram então num canto do armazém. Não ficaram, porém, sozinhos, pois era lá que dormia Moko. Mas não se embaraçariam com sua presença, decididos a estrangulá-lo se estivesse de prevenção, dormindo com um olho só. Na hora convencionada, Rock e Forbes deviam abrir a porta do armazém e Walston, que esperava com seus quatro companheiros, iria tornar-se imediatamente o dono da Gruta Francesa.

Cerca de nove horas, quando Rock e Forbes fingiam dormir, Moko entrou e não tardou em atirar-se sobre a cama, pronto a dar o alarme. Briant e os outros tinham ficado no salão. Depois, tendo sido fechada a porta do corredor, Evans e Cate foram reunir-se a eles. As coisas tinham-se passado como previra o mestre, que não duvidava que Walston estivesse nas proximidades da Gruta Francesa, esperando o momento de entrar.

— Tomemos todo o cuidado — disse ele.

Entretanto, passaram-se duas horas e Moko já pensava que Rock e Forbes teriam adiado sua maquinação para outra noite, quando sua atenção foi despertada por ligeiro ruído no interior do armazém.

Sob a luz da lanterna, viu, então, Rock e Forbes deixarem o canto no qual se tinha estendido e andarem de rastro para o lado da porta, que estava tampada por grande monte de pedras — verdadeira barricada que seria difícil, senão impossível, retirar. Os dois marinheiros começaram a tirar as pedras que depositavam, uma a uma, junto à parede da direita. Em poucos minutos a porta ficou completamente livre. Só faltava retirar a tranca para que a entrada da Gruta Francesa ficasse livre.

Era o mestre Evans que acabava de disparar.

Mas no momento em que Rock, depois de ter retirado a dita barra, abria a porta, pesada mão caiu-lhe sobre o ombro. Voltou-se e reconheceu o mestre, cujo rosto estava iluminado em cheio pela lanterna.

— Evans! — exclamou.

— Acudam, rapazes! — exclamou o mestre.

Briant e seus camaradas precipitaram-se imediatamente no armazém. Então, Forbes foi seguro pelos quatro mais vigorosos, Baxter, Wilcox, Doniphan e Briant, que o puseram fora de combate. Quanto a Rock, com rápido movimento afastara Evans, dando-lhe facada que o atingiu ligeiramente no braço esquerdo. Depois, pela porta aberta, jogou-se para fora. Não tinha andado dez passos, quando um tiro ecoou. Era o mestre que acabava de atirar. Segundo as aparências, o fugitivo não fora atingido, pois não se ouviu grito, nem gemido.

— Com mil diabos!... Falhei contra esse miserável! — praguejou Evans. — Quanto ao outro... será sempre um de menos!

E, empunhando o facão, levantou o braço sobre Forbes.

— Misericórdia!... Misericórdia!... — implorou o miserável, mantido no chão pelos rapazes.

— Sim! Misericórdia, Evans! — repetiu Cate, que se lançou entre o mestre e Forbes. — Tenha pena dele, ele já salvou a minha vida!

— Seja! — respondeu Evans. — Concordo Cate, pelo menos agora!

E Forbes, solidamente amarrado, foi depositado num dos redutos do corredor. Depois, tendo sido fechada a porta do armazém e feita barricada por dentro, todos ficaram transidos de medo até que viesse o dia.

13

A Luta

No dia seguinte, por fatigante que tivesse sido aquela noite sem sono, ninguém pensou em ter uma hora de repouso. Já não havia dúvida que Walston empregaria a força, pois a astúcia havia fracassado. Rock, escapando ao tiro do mestre, devia ter ido a seu encontro informar que suas manobras haviam sido descobertas e que não poderia mais penetrar na Gruta Francesa sem forçar as portas.

Logo ao amanhecer, Evans, Briant, Doniphan e Gordon saíram do salão com todo o cuidado. Com o erguer do sol, as brumas matinais condensaram-se pouco a pouco e descobriram o lago, que ligeira brisa de leste encrespava,

Tudo tranqüilo nas proximidades da Gruta Francesa, do lado do rio Zelândia, bem como do lado do bosque das Armadilhas. No interior do cercado, os animais domésticos iam e vinham como habitualmente. Fido, que corria no Terraço dos Esportes, não dava qualquer sinal de inquietação.

Antes de tudo, Evans preocupou-se em saber se no solo havia pegadas. Foram observados vestígios em grande número, sobretudo perto da Gruta Francesa. Cruzavam-se em diversos sentidos e indicavam que, durante a noite, Walston e seus companheiros tinham avançado até ao rio, esperando que a porta do armazém lhes fosse aberta.

Quanto a marcas de sangue, nenhuma foi vista sobre a areia, prova de que Rock nem ao menos tinha sido ferido pelo tiro do mestre. Mas uma pergunta se impunha. Walston teria vindo como os falsos náufragos pelo sul do lago da Família ou teria alcançado a Gruta Francesa, descendo pelo norte? Neste caso, devia ser pelo lado do bosque das Armadilhas que Rock teria fugido para encontrá-lo.

Ora, como era importante esclarecer tal fato, foi decidido que Forbes seria interrogado, a fim de saber-se qual o caminho seguido por Walston. Forbes consentiria em falar? E, se falasse, diria a verdade? Por gratidão a Cate, que havia lhe salvado a vida, algum bom sentimento acordaria no fundo de seu coração? Esqueceria que fora para traí-los que pedira hospitalidade aos moradores da Gruta Francesa?

Querendo interrogá-lo pessoalmente, Evans foi ao corredor, abriu a porta do reduto onde Forbes estava fechado, afrouxou suas cordas e levou-o ao salão.

— Forbes — disse Evans, — o plano que Rock e você armaram não deu resultado. Eu preciso saber quais são os projetos de Walston. Vai querer me contar?

Forbes baixara a cabeça e não ousando levantar os olhos para, Evans, nem para Cate, nem para os mocinhos diante dos quais o mestre o fizera comparecer, mantinha-se em silêncio. Cate interveio:

— Forbes — disse ela, — uma vez você mostrou um pouco de piedade, impedindo seus companheiros de matar-me, durante o massacre do *Severn*. Pois bem! Nada quer fazer para salvar estes meninos?

Forbes não respondeu.

— Forbes — continuou Cate, — eles pouparam-lhe a vida quando você merecia a morte! Não é possível que esteja extinto em você todo o sentido de humanidade! Depois de ter feito tanto mal, você pode voltar ao bem. Pense no crime horrível que está encobrindo!

Um suspiro meio abafado saiu penosamente do peito de Forbes.

— O que é que eu posso fazer? — respondeu surdamente.

— Pode contar-nos — continuou Evans — o que estava premeditado para esta noite e que vai ser feito mais tarde.

Walston e os outros se introduziriam aqui, quando uma das portas fosse aberta...

— Sim! — disse Forbes.

— E estes meninos, que o acolheram tão bem, seriam mortos?

Forbes baixou a cabeça mais ainda e, desta vez, não teve meios para responder.

— Por que lado Walston e os outros vieram até aqui? — perguntou o mestre.

— Pelo norte do lago — respondeu Forbes.

— Enquanto que Rock e você vieram pelo sul...

— Sim!

— Eles visitaram o outro lado da ilha, a oeste?

— Ainda não.

— Onde devem estar neste momento?

— Não sei...

— Não pode dizer mais, Forbes?...

— Não... Evans... não!...

— E pensa que Walston voltará?...

— Sim!

Evidentemente, Walston e os seus, assustados pelos tiros do mestre e compreendendo que o plano fora descoberto, tinham julgado prudente manter-se à distância, esperando alguma oportunidade mais favorável. Evans, não esperando arrancar mais nada de Forbes, conduziu-o novamente ao reduto, cuja porta foi fechada exteriormente. A situação era, portanto, das mais graves. Onde se encontrava agora Walston? Estaria acampado no meio do mato, no bosque das Armadilhas? Forbes não pudera ou não quisera dizer. Era, no entanto, absolutamente necessário terem certeza a tal respeito. Assim, o mestre pensou que seria conveniente fazer pesquisa naquela região, se bem que não fosse sem perigo.

Ao meio-dia aproximadamente Moko trouxe algum alimento ao prisioneiro. Forbes, abatido, mal tocou na comida. Que se passaria na alma daquele infeliz? Sua consciência estaria aberta ao remorso? Não se sabia.

Depois do almoço, Evans contou aos rapazes de seu projeto de avançar até a orla do bosque das Armadilhas, para saber se os malfeitores permaneciam ainda nas vizinhanças da Gruta Francesa.

Sem dúvida, Walston e seus companheiros não eram mais do que seis depois da captura de Forbes, enquanto que a pequena colônia se compunha de quinze rapazes, sem contar Cate e Evans, ao todo dezessete. Mas desse número era preciso eliminar os mais jovens, que não podiam tomar diretamente parte na luta. Portanto, foi decidido que, enquanto o mestre faria a verificação, Iverson, Jenkins, Dole e Costar ficariam no salão com Cate, Moko e Jacques, sob a guarda de Baxter. Quanto aos rapazes, Briant, Gordon, Doniphan, Cross, Service, Webb, Wilcox e Garnett, acompanhariam Evans. Oito rapazes para se oporem a seis homens! É verdade que cada um estaria armado de um fuzil e um revólver, enquanto Walston só possuía os cinco fuzis do *Severn*. Assim, um combate à distância parecia oferecer probabilidades mais favoráveis, visto Doniphan, Wilcox e Cross serem bons atiradores, muito acima dos marinheiros americanos. Por outro lado, as munições não lhes faltariam, enquanto Walston, como o dissera o mestre, devia estar reduzido a alguns cartuchos apenas.

Eram duas horas da tarde, quando o pequeno grupo se organizou sob a direção de Evans. Baxter, Jacques, Moko, Cate e os pequenos entraram imediatamente para a Gruta Francesa, cujas portas foram fechadas mas não barricadas, a fim de, em caso de necessidade, o mestre e os outros poderem pôr-se imediatamente em segurança.

De resto, nada havia a temer pelo lado do sul, nem mesmo do oeste, pois para tomar aquela direção teria sido necessário que Walston tivesse vindo pela baía de Sloughi e subisse o vale do rio Zelândia, o que teria levado muito tempo. De acordo com a resposta de Forbes, era pela margem oeste do lago que ele tinha descido e nada conhecia da outra parte da ilha. Evans não tinha, portanto, receio de ser surpreendido pelas costas, uma vez que o ataque só podia vir do norte. Os meninos e o mestre avançaram prudentemente, contornando a base da colina Auckland. Para além do cercado, o mato e o arvoredo permitiam-lhes atingir a floresta bem escondidos. Evans caminhava à frente, depois de conter o ardor de Doniphan, sempre pronto a avançar. Quando ultrapassou a pequena elevação que cobria os restos do náufrago francês, o mestre julgou oportuno rumar obliquamente, a fim de aproximar-se da margem do lago da Família.

Fido — que Gordon tentou em vão reter — parecia investigar, de orelhas em pé e focinho no chão. Em breve, dava mostras de ter encontrado pista.

— Atenção! — disse Briant.

— Sim — respondeu Gordon. — Vejam o jeito de Fido.

— Arrastemo-nos pelo mato — replicou Evans. — Doniphan, você que é bom atirador, se um daqueles bandidos mostrar-se ao alcance, não o deixe escapar! Nunca terá usado bala tão útil.

Instantes depois, todos tinham chegado às primeiras árvores. Ali, no limite do bosque das Armadilhas, havia ainda vestígios de parada recente, ramos meio queimados, cinzas mal apagadas.

— Foi aqui, com toda certeza, que Walston passou esta noite — observou Gordon.

— E talvez estivesse aqui há poucas horas ainda — respondeu Evans. — Penso que é melhor nos desviarmos para a falésia.

Mal acabara, quando uma detonação ecoou pela direita. A bala, depois de passar rente à cabeça de Briant, veio incrustar-se na árvore em que se apoiava. Quase ao mesmo tempo, ouviu-se outro tiro, que foi seguido por um grito, enquanto a cinqüenta passos dali um vulto caía pesadamente

189

sob as árvores. Era Doniphan, que acabava de atirar a esmo na direção da fumaça produzida pelo primeiro tiro. O cão não se conteve e Doniphan correu atrás dele.

— Vamos! Não podemos deixá-lo só... — exclamou Evans.

Num instante, alcançando Doniphan, todos contornaram o corpo estendido no meio das ervas e que não dava mais sinal de vida.

— Este é Pike! — disse Evans. — O miserável está bem morto. Se o diabo estiver caçando hoje não voltará de mãos vazias! Um de menos!

— Os outros não podem estar longe! — observou Baxter.

— Não, meu caro! Vamos nos esconder!... De joelhos!...

Terceira detonação veio da esquerda. Service, que não tinha baixado a cabeça prontamente, teve a fronte raspada pela bala.

— Está ferido?... — gritou Gordon, correndo para ele.

— Não é nada, Gordon, não é nada — respondeu Service.

— Um arranhão apenas!

Era importante não se separarem. Havia ainda Walston e quatro dos seus, que deviam estar a pouca distância atrás das árvores. Assim, Evans e os outros, acocorados entre as ervas, formavam grupo compacto, pronto para a defensiva, de qualquer lado que viesse o ataque.

— Onde está Briant? — Garnett exclamou, de repente.

— Não o vejo mais! — respondeu Wilcox.

De fato, Briant desaparecera e, como os latidos de Fido tinham ainda maior violência, era de temer que o afoito mocinho estivesse em luta com alguns dos homens do bando.

— Briant!... Briant!... — gritou Doniphan.

E todos, impensadamente, lançaram-se no rasto de Fido. Evans não os pudera conter. Iam de árvore em árvore ganhando terreno.

— Cuidado, mestre! — gritou subitamente Cross, se atirando ao chão.

190

— *Cuidado, mestre!* — *gritou subitamente Cross, se atirando ao chão.*

Instintivamente, o mestre baixou a cabeça no momento em que uma bala passou algumas polegadas por cima. Depois, erguendo-se de novo, percebeu um dos companheiros de Walston, fugindo através do bosque.

Era precisamente Rock, o que lhe escapara na véspera.

— Para você, Rock! — gritou Evans, fazendo fogo.

Rock desapareceu como se o chão se tivesse subitamente aberto sob seus pés.

— Será que me escapou outra vez?... — exclamou Evans. — Mil diabos! Que azar!

Tudo aconteceu em poucos segundos. Imediatamente, os latidos do cão foram ouvidos nas proximidades. No mesmo instante, a voz de Doniphan encorajava:

— Agüente, Briant! Agüente!

Evans e os outros andaram um pouco mais e, vinte passos à frente, avistaram Briant em luta com Cope. O miserável acabava de derrubar o menino e ia enfiar-lhe o facão, quando Doniphan, chegando a tempo de desviar o golpe, lançou-se sobre Cope, antes de ter tempo de pegar o revólver. Foi, então, atingido pelo facão em pleno peito... Caiu sem dar um grito.

Cope, observando então que Evans, Garnett e Webb procuravam cortar-lhe a retirada, correu na direção norte. Vários tiros foram dados simultaneamente sobre ele. Mas desapareceu e Fido voltou sem poder alcançá-lo.

Briant, ao lado de Doniphan, tentava reanimá-lo, sustentando-lhe a cabeça... Evans e os outros se reuniram a eles, depois de carregar novamente as armas. Na realidade, a luta começara com desvantagem para Walston, pois Pike estava morto e Cope e Rock deviam estar fora de combate. Por infelicidade, Doniphan fora ferido no peito, com muita gravidade. Os olhos fechados, o rosto branco como cera, não fazia qualquer movimento e não ouvia Briant, que o chamava.

Entretanto, Evans curvara-se sobre o corpo do jovem. Abriu seu blusão e rasgou-lhe a camisa que estava ensopada em sangue. Um ferimento triangular estreito sangrava na altura da quarta costela do lado esquerdo. A ponta da faca teria tocado o coração? Não, pois Doniphan respirava ainda. Mas talvez o pulmão tivesse sido atingido, pois a respiração do ferido estava extremamente fraca.

— Vamos levá-lo para a Gruta Francesa! — disse Gordon.

— Só lá poderemos tratá-lo...

— E salvá-lo! –exclamou Briant. — Foi por mim que se arriscou!

Evans aprovou a proposta de levar Doniphan para a Gruta Francesa, tanto mais que, no momento, parecia haver trégua na luta. Provavelmente, Walston, vendo que as coisas corriam mal, tomara o partido de bater em retirada pelas profundezas do bosque das Armadilhas. Todavia — o que não deixava de inquietar Evans — não tinha visto nem Walston, nem Brandt ou Cook, que eram os mais temíveis do bando.

Baxter e Service fizeram às pressas uma padiola de ramos, sobre a qual o jovem foi estendido sem ter voltado a si. Depois, quatro de seus camaradas ergueram-no cuidadosamente, enquanto os outros o rodeavam, com o fuzil carregado e o revólver na mão. O cortejo foi diretamente à base da colina Auckland. Era melhor do que seguir pela margem do lago. Contornando a falésia, bastaria vigiar a esquerda e a retaguarda. Nada, porém, veio perturbar a penosa caminhada. Às vezes, Doniphan dava um suspiro tão doloroso que Gordon fazia sinal para se deterem, a fim de escutar-lhe a respiração e, instantes depois, continuavam a marcha. Três quartos do caminho foram feitos nestas condições. Faltavam apenas oitocentos a novecentos passos a transpor para atingir a Gruta Francesa, cuja porta não se podia perceber ainda, escondida por saliência da falésia. De súbito ouviram-se gritos do lado do rio Zelândia. Fido correu naquela direção. Evidentemente, a Gruta Francesa estava sendo atacada por Walston e seus dois camaradas.

Enquanto Rock, Cope e Pike, emboscados sob as árvores do bosque das Armadilhas, entretinham o pequeno grupo do mestre, Walston, Brandt e Cook tinham subido à colina de Auckland, através do leito seco do arroio da Calçada. Depois de ter rapidamente percorrido o platô superior, tinham descido pela garganta que conduzia à beira do rio, pouco distante da entrada do armazém. Uma vez ali, conseguiram arrombar a porta que não estava barricada e tinham invadido a Gruta Francesa. Evans chegaria a tempo de prevenir a catástrofe?

O mestre tomou decisão rápida. Enquanto Cross, Webb e Garnett ficaram com Doniphan, que não podia ficar só, Gordon, Briant, Service, Wilcox e ele lançaram-se na direção da Gruta Francesa pelo caminho mais curto. Poucos minutos depois, logo que o seu olhar pôde alcançar o Terraço dos Esportes, viram triste espetáculo, capaz de tirar-lhes toda a esperança!

Naquele momento, Walston saía pela porta do salão com um menino, que arrastava para o rio. Era Jacques. Em vão, Cate tentava detê-lo. Em seguida, aparecendo o segundo companheiro de Walston, Brandt, que arrastava o pequeno Costar na mesma direção. Baxter, também, veio atirar-se sobre Brandt, mas, violentamente repelido, rolou pelo chão. Os outros meninos, Dole, Jenkins, Iverson, não eram vistos, bem como Moko. Teriam já sucumbido no interior da Gruta Francesa?

Entrementes, Walston e Brandt corriam para o lado do rio. Teriam possibilidade de transpô-lo de outro modo a não ser a nado? Sim, pois lá estava Cook, perto da canoa, que ele retirara do armazém. Uma vez na margem esquerda, estariam fora de alcance. Antes que lhes pudessem cortar a retirada, alcançariam seu acampamento na Pedra do Urso, com Jacques e Costar como reféns! Assim, Evans, Briant, Gordon, Cross, Wilcox corriam como loucos, esperando atingir o Terraço dos Esportes antes que Walston, Cook e Brandt se pusessem em segurança do outro lado do rio. Não podiam atirar neles à distância em que se encontravam, pois haveria perigo de ferir Jacques e Costar.

Jacques atirou-lhe em pleno peito.

Mas Fido estava lá. Saltou sobre Brandt e o segurou pela garganta. Ele, para defender-se do cão, teve que soltar Costar, enquanto Walston arrastava a toda pressa Jacques para a canoa... De súbito, um homem lançou-se para fora do salão. Era Forbes.

Viria juntar-se a seus antigos companheiros de crime depois de ter forçado a porta do reduto? Walston não duvidava.

— Ajude-me, Forbes!... Venha! Venha! — exclamou.

Evans deteve-se e ia fazer fogo quando viu Forbes lançar-se sobre Walston. Surpreso por esta agressão inesperada, foi obrigado a abandonar Jacques e, voltando-se, feriu Forbes com a faca. Este caiu aos pés de Walston.

Tudo aconteceu tão depressa que Evans, Briant, Gordon, Service e Wilcox estavam ainda a cem passos do Terraço dos Esportes. Walston quis então pegar de novo Jacques, a fim de levá-lo até a canoa onde Cook o esperava com Brandt, que conseguira desembaraçar-se do cão.

Mas não teve mais tempo. Jacques, que estava armado com um revólver, atirou-lhe em pleno peito. Foi a custo que Walston, gravemente ferido teve força de arrastar-se até junto de seus dois companheiros, que o tomaram em seus braços, embarcaram-no e empurraram vigorosamente a canoa.

Neste momento ecoou detonação violenta. Rajada de metralha singrou as águas do rio. Era a pequena peça que o grumete acabava de descarregar através da abertura do armazém contra a canoa.

E, agora com exceção dos dois bandidos que tinham desaparecido sob os maciços do bosque das Armadilhas, a ilha Chairman estava livre dos assassinos do *Severn*, arrastados para o mar pela correnteza do rio Zelândia.

196

14

A PARTIDA

Nova era começava agora para os jovens colonos da Ilha Chairman. Depois de haverem lutado até então para garantir sua existência, era na obra da libertação que iam trabalhar agora, tentando um último esforço para rever suas famílias e seu país.

Depois da superexcitação causada pelos incidentes da luta, sucedeu-se reação muito natural. Ficaram como que vencidos pelo seu sucesso, no qual não podiam crer. Passado o perigo viam-no agora maior do que lhes parecera. Certamente, depois do primeiro combate na orla do bosque das Armadilhas, suas probabilidades tinham aumentado de certo modo. Mas, sem a intervenção tão inesperada de Forbes, os outros lhes escapariam! Moko não teria ousado a descarga de metralha, que teria atingido Jacques e Costar ao mesmo tempo em que seus raptores!...

Quando Briant e seus companheiros puderam encarar friamente a situação, foram tomados por uma espécie de susto retrospectivo. Durou pouco, porém, e, embora não houvesse certeza sobre o destino de Rock e de Cope, a segurança tinha voltado em grande parte à ilha Chairman.

Os heróis da batalha foram felicitados como mereciam. Moko, por seu tiro de canhão, dado tão a propósito através da abertura do armazém. Jacques, pelo sangue-frio que demonstrara, descarregando seu revólver sobre Walston. A Costar, finalmente, que teria outro tanto se tivesse uma pistola, como dizia.

197

Até Fido teve sua boa parte de carícias, sem contar o estoque de ossos com que Moko o gratificou por ter atacado Brandt a dentadas, quando arrastava o menino.

Briant, depois do tiro de canhão de Moko, foi a toda pressa ao local onde seus colegas permaneciam com a padiola. Alguns minutos depois, Doniphan foi colocado no salão, sem ter recobrado os sentidos, enquanto Forbes, erguido por Evans, estava estendido sobre a cama do armazém. Durante toda a noite Cate, Gordon, Briant, Wilcox e o mestre velaram junto aos dois feridos.

Doniphan fora ferido gravemente. Todavia, como respirava com regularidade, parecia que o pulmão não tinha sido perfurado pela faca de Cope. Para pensar seu ferimento, Cate recorreu a certas folhas de que se faz uso comumente no oeste americano e que cresciam na margem do rio Zelândia. Eram folhas de amieiro, as quais, esmagadas e postas em compressas, são muito eficazes para impedir a supuração interna, pois todo o perigo consistia nisso. Mas o mesmo não aconteceu com Forbes, que Walston atingira no ventre. Sabia-se ferido de morte e quando voltou a si, enquanto Cate curvada sobre ele prestava-lhe assistência, murmurou:

— Obrigado, boa Cate! Obrigado! É inútil! Estou perdido!...

O remorso havia recuperado o que havia ainda de bom no coração daquele infeliz! Arrastado, sobretudo, pelos maus conselhos e pelo mau exemplo, tomara parte nos massacres do *Severn*, mas todo o seu ser tinha-se revoltado ante a horrível sorte que ameaçava os jovens colonos e arriscara a vida por eles.

— Espere, Forbes! — disse Evans. — Você redimiu seus crimes e viverá!

Não! O infortunado devia morrer! Apesar dos cuidados que não lhe foram poupados, o seu estado agravou-se de momento para momento. Durante os poucos instantes de trégua que lhe deixava a dor, seus olhos inquietos voltavam-se para Cate, para Evans! O seu sangue corria, em expiação de sua existência passada...

Às quatro horas da manhã aproximadamente Forbes pereceu, arrependido, perdoado pelos homens e por Deus que lhe evitou longa agonia. Foi quase sem sofrimento que se lhe escapou o último suspiro. No dia seguinte, foi enterrado perto do local onde repousava o náufrago francês e duas cruzes indicam agora a situação das duas tumbas.

Entretanto, a presença de Rock e de Cope constituía ainda perigo. A segurança não seria completa enquanto não fossem postos em estado de impotência. Evans decidiu então acabar com eles, antes que voltassem ao porto da Pedra do Urso.

Gordon, Briant, Baxter, Wilcox e ele partiram no mesmo dia, com fuzis e revólveres, acompanhados de Fido.

As pesquisas não foram nem difíceis nem longas, nem perigosas. Nada mais havia a temer dos dois cúmplices de Walston. Cope foi encontrado morto a algumas centenas de passos do local onde fora atingido por bala. Pike, morto no princípio da luta, também foi localizado. Rock havia inopinadamente desaparecido, como se tivesse sido tragado pelo solo. Evans teve explicação do fato. O miserável caíra, depois de mortalmente ferido, numa das covas feitas por Wilcox. Os três cadáveres foram enterrados na mesma cova, transformada em túmulo. Depois o mestre e seus companheiros voltaram com a boa notícia de que a colônia nada mais tinha a temer.

A alegria seria então completa na Gruta Francesa, se Doniphan não estivesse tão gravemente ferido! Os corações não estavam agora abertos à esperança!

No dia seguinte, Evans, Gordon, Briant e Baxter puseram em discussão os projetos, cuja realização devia ser imediata. O que importava, antes de tudo, era entrar na posse da chalupa do *Severn*. Isso obrigava a viagem e demora na Pedra do Urso, onde se procederia aos trabalhos de recuperação. Resolveu-se, então, que Evans, Briant e Baxter iriam até lá pelo lago e pelo rio do Leste.

A canoa, que foi encontrada num redemoinho do rio, nada tinha sofrido com a metralha que lhe passara por cima. Foram embarcadas as ferramentas, as provisões, as munições, as armas e, com bom vento, partiu, pela manhã de seis de dezembro, sob a direção de Evans.

A travessia do lago da Família fez-se rapidamente. Antes de onze horas e meia, Briant assinalava ao mestre a pequena enseada pela qual as águas do lago se despejavam no leito do rio do Leste e a canoa, ajudada pela maré vazante, desceu entre as duas margens do rio.

Não longe da embocadura, a chalupa, posta a seco, jazia sobre a areia da Pedra do Urso. Depois de exame minucioso dos consertos a serem feitos, Evans disse:

— Meus amigos, temos as ferramentas, mas falta-nos com que reparar a base e as cintas do costado. Ora, na Gruta Francesa existem precisamente tábuas retas e curvas que provêm do casco do *Sloughi* e se pudéssemos conduzir a embarcação para o rio Zelândia...

— Estava pensando nisso — respondeu Briant. — Será que é impossível, mestre Evans?

— Não o creio — prosseguiu Evans, — pois a chalupa veio bem dos Recifes do Severn até à Pedra do Urso e também poderá ir até ao rio Zelândia. Lá o trabalho se faria mais facilmente e será da Gruta Francesa que partiremos para alcançar a baía de Sloughi, donde largaremos para o mar!

Incontestavelmente, se este projeto era realizável, não se poderia desejar outro melhor. Assim, ficou decidido que se aproveitaria a maré do dia seguinte para subir o rio do Leste, rebocando-se a chalupa por meio da canoa. A primeira coisa que Evans fez foi vedar todas as frestas existentes na embarcação, com tampões de estopa que trouxera da Gruta Francesa.

A noite passou-se tranqüilamente no fundo da gruta que Doniphan e seus companheiros haviam escolhido como domicílio, quando de sua primeira visita à baía da Decepção.

200

A canoa e a chalupa estavam no abrigo do pequeno dique.

No dia seguinte, mal amanheceu, depois da chalupa ter sido posta a reboque da canoa, Evans, Briant e Baxter partiram com a maré montante. Manobrando os remos enquanto a maré subiu, tudo foi bem. Mas quando a vazante tomou força, a embarcação mais pesada pela água que nela penetrava só pôde ser rebocada com grande esforço. Eram cinco horas da tarde quando a canoa atingiu a margem direita do lago da Família. O mestre julgou ser imprudência, em tais condições, exporem-se a travessia noturna. O vento tendia a enfraquecer à noite e muito provavelmente, como acontecia no verão, a brisa aumentaria aos primeiros raios do sol.

Acampou-se no local, comeu-se com apetite, dormiu-se um bom sono, a cabeça apoiada no tronco de grande faia e os pés diante de fogueira crepitante que ardeu até a madrugada.

— Embarquemos! — foi esta a primeira palavra que pronunciou o mestre logo que a claridade matinal iluminou as águas do lago.

Exatamente como se esperava, a brisa do nordeste voltara com o dia. O mestre não podia desejar tempo mais favorável para dirigir-se à Gruta Francesa. A vela foi içada e a canoa, arrastando a pesada embarcação, mergulhada até a amurada, dirigiu-se para oeste.

Nenhum incidente produziu-se durante a travessia do lago da Família. Por prudência, Evans esteve sempre vigilante, pronto a cortar o reboque, caso a chalupa fosse a pique, pois arrastaria a canoa consigo.

Finalmente, as alturas da colina Auckland apareceram no oeste, aproximadamente às três horas da tarde. Às cinco, a canoa e a chalupa entravam no rio Zelândia e ficavam ao abrigo do pequeno dique. Aclamações acolheram Evans e seus companheiros, com os quais não se contava tão cedo. O estado de Doniphan melhorara um pouco. O bravo mocinho pôde corresponder ao aperto de mão de Briant. A respiração fazia-se mais livremente. Se bem que lhe ministrassem dietas rigo-

Os trabalhos duraram trinta dias.

rosas, as forças começavam a voltar-lhe e, sob as compressas de folhas que Cate renovava de duas em duas horas, seu ferimento não tardaria provavelmente a fechar-se. Sem dúvida, a convalescença seria longa, mas Doniphan tinha tanta vitalidade que sua cura completa seria questão de tempo.

No dia seguinte foram iniciados os trabalhos da recuperação. Primeiro, foi preciso violenta arrancada para pôr a chalupa em terra. Com dez metros de comprimento e dois de largura na viga mestra, deveria bastar aos dezessete passageiros que contava então a pequena colônia.

Evans, tão bom carpinteiro como marinheiro, entendia de tudo e pôde apreciar a habilidade de Baxter. Havia materiais e ferramentas. Com os restos do casco da escuna foi possível recompor as curvas partidas, os bordos desconjuntados, os barrotes quebrados. Finalmente, a velha estopa, molhada de novo em seiva de pinho, permitiu tornar as emendas do casco perfeitamente estanques.

A coberta da chalupa, na proa, foi refeita em a dois terços aproximadamente, o que garantia abrigo contra o mau tempo, pouco provável, aliás, durante o segundo período da estação estival. Os passageiros poderiam manter-se debaixo ou fora, como lhes agradasse. O mastro da gávea do *Sloughi* servia de grande mastro e Cate, seguindo as indicações de Evans, conseguiu a mezena, cortada da vela sobressalente do iate, bem como outra para a popa e uma bujarrona para a proa. Com esta aparelhagem, a embarcação estaria mais equilibrada e utilizaria o vento de qualquer lado que viesse.

Esses trabalhos, que duraram trinta dias, não foram acabados antes de oito de janeiro. Só faltavam certas minúcias de acomodação. O mestre quisera ter todo o cuidado em pôr a chalupa em perfeito estado. Convinha que estivesse em condições de navegar através dos canais do arquipélago de Magalhães e fazer, se necessário, algumas centenas de milhas, no caso em que fosse preciso, descer até ao porto de Punta Arenas, na costa oriental do istmo de Brunswick.

Por esta época, a convalescença de Doniphan progredia bastante. Pôde, então, sair do salão, embora muito fraco ainda. Ar puro e alimentação mais substancial devolviam-lhe visivelmente as forças. Os companheiros não contavam partir antes que ele estivesse capaz de suportar a travessia de algumas semanas, sem receio de recaída.

A vida habitual retomara seu curso na Gruta Francesa. As lições, os cursos, as conferências foram mais ou menos relaxadas. Jenkins, Iverson, Dole e Costar consideravam-se em férias. Wilcox, Cross e Webb haviam recomeçado suas caçadas, tanto à beira do brejo do Sul como nas matas do bosque das Armadilhas. Agora, desdenhavam-se as armadilhas e os laços, apesar dos conselhos de Gordon, sempre econômico de suas munições. Assim é que as detonações ecoavam de um e outro lado e a despensa de Moko enriquecia-se de caça fresca, que permitiria reservar as conservas para a viagem.

Se Doniphan tivesse podido retomar suas funções de caçador-chefe da pequena colônia, com que ardor teria perseguido a caça de pêlo e de penas, sem preocupar-se com a poupança dos tiros. Era para ele verdadeiro desgosto não poder juntar-se a seus colegas! Mas era preciso renunciar e não cometer imprudências.

Finalmente, durante os dez últimos dias de janeiro, Evans procedeu ao carregamento da embarcação. Por certo, Briant e os outros desejavam levar tudo o que haviam conseguido salvar do naufrágio do *Sloughi*... mas era impossível, por falta de lugar e convinha fazer seleção.

Gordon pôs de parte o dinheiro que tinha sido recolhido a bordo do iate e do qual os jovens colonos teriam, talvez, necessidade para seu repatriamento. Moko embarcou provisões de boca em quantidade suficiente para a alimentação de dezessete passageiros não somente na previsão de travessia que durasse três semanas, mas também para o caso em que qualquer acidente de mar os obrigasse a desembarcar em uma das ilhas do arquipélago antes de atingir Punta Arenas, Porto Galant ou Porto Tamar.

Depois, o que restava de munições foi colocado nas arcas da chalupa, bem como os fuzis e os revólveres da Gruta Francesa. Doniphan pediu que não se abandonassem os dois canhõesinhos do iate. Se eles carregassem demais a embarcação, haveria tempo de desfazer-se deles no caminho.

Briant pegou igualmente todo o sortimento de roupas, sobressalentes, a maioria dos livros da biblioteca, os principais utensílios que serviriam à cozinha de bordo — entre outros uma das estufas do salão, — enfim, os instrumentos necessários à navegação, relógios marinhos, binóculos, bússolas, faróis, sem esquecer o bote de borracha. Wilcox escolheu entre as redes e as linhas aquelas que podiam ser utilizadas na pesca durante a viagem.

A água doce, depois de retirada do rio Zelândia, foi depositada em pequenos barris, que foram dispostos regularmente ao logo da carlinga, no fundo da embarcação. Também não foi esquecido o que restava ainda de aguardente, gim e outros licores fabricados com as frutas da trulca e da algaroba.

Finalmente, toda a carga estava no lugar a três de fevereiro. Só faltava fixar o dia da partida, o que seria feito quando Doniphan se sentisse em estado de suportar a viagem. O bravo menino respondia por si! Seu ferimento estava inteiramente cicatrizado e o apetite voltara. Seus cuidados deviam limitar-se apenas a não comer demais. Agora, apoiado no braço de Briant ou de Cate, passeava diariamente no Terraço dos Esportes durante algumas horas.

— Partamos!... Partamos!... — disse ele. — Estou ansioso por viajar!... O mar me porá bom!

A partida foi fixada para o dia cinco de fevereiro.

Na véspera, Gordon devolvera a liberdade aos animais domésticos. Guanacos, vicunhas, perus selvagens e todos os animais de pena, pouco agradecidos aos cuidados que lhes tinham sido dispensados, fugiram, uns em correria desabalada, outros em vôo rápido, tão irresistível era o instinto da liberdade.

206

— Ingratos! — exclamou Garnett. — Depois de todas as atenções que tivemos com eles!

— Vejam só como é o mundo! — volveu Service em tom tão gaiato que a filosófica reflexão foi acolhida por gargalhada geral.

No dia seguinte os jovens passageiros embarcaram na chalupa que levaria a canoa a reboque e da qual Evans se serviria como canoa. Antes de largar a amarra, Briant e seus camaradas quiseram reunir-se ainda uma vez diante dos túmulos de Francisco Baudoin e de Forbes. Fizeram-no com recolhimento e, ao mesmo tempo em que faziam uma prece, rendiam a última homenagem àqueles infortunados.

Doniphan tinha-se colocado na popa da embarcação, perto de Evans, encarregado do leme. Na proa, Briant e Moko seguravam a escota das velas, se bem que para descer o rio Zelândia podia-se contar mais com a corrente do que com o vento, que o maciço da colina Auckland tornava muito incerto. Os outros, bem assim como Fido, colocaram-se de acordo com a sua fantasia na parte anterior da coberta.

A amarra foi solta e os remos entraram na água.

Três hurras saudaram então a hospitaleira moradia que, havia tantos meses, oferecera abrigo tão seguro aos jovens colonos e não foi sem alegria — salvo Gordon que estava muito triste por abandonar sua ilha — que viram a colina Auckland desaparecer atrás das árvores da orla.

Descendo o rio Zelândia, a chalupa não podia ir mais depressa do que a corrente que não era muito rápida. Perto do meio-dia, na altura do bosque do Brejo, Evans teve que lançar a âncora. O leito estava pouco profundo e a embarcação, muito carregada, corria o risco de encalhar. Seria melhor aguardar o fluxo da maré e depois voltar a partir com a maré vazante.

A parada durou seis horas aproximadamente. Os passageiros aproveitaram para fazer ligeira refeição, depois da qual Wilcox e Cross foram caçar algumas narcejas na orla do brejo do Sul.

207

Da popa da chalupa, Doniphan pôde abater duas soberbas perdizes que voejavam sobre a margem direita. Com aquele tiro, ficou curado.

Era já bastante tarde quando a embarcação chegou à embocadura do rio. Como a escuridão quase não permitia distinguir as passagens entre os recifes, Evans, marinheiro prudente, preferiu esperar o outro dia para ir para o mar.

Foi uma noite tranqüila. O vento desaparecera com a noite e quando os pássaros marinhos, os petréis, as gaivotas e os gaivotões voltaram para seus buracos nas rochas, silêncio absoluto reinou na baía de Sloughi.

No dia seguinte, vindo o vento de terra, o mar seria belo até a ponta extrema do brejo do Sul. Era preciso aproveitá-lo e transpor vinte milhas, durante as quais o mar se tornaria violento se o vento viesse do largo.

Mal o sol começou a nascer, Evans fez içar a mezena, a vela ré e a bujarrona. E a chalupa, então, dirigida pela mão firme do mestre, saiu do rio Zelândia.

Naquele momento todos os olhares convergiram para a crista da colina Auckland, depois sobre as últimas rochas da baía de Sloughi, que desapareceram ao ser contornado o cabo Americano. Um tiro de canhão, seguido de tríplice hurra, fez as despedidas, enquanto o pavilhão do Reino Unido se desfraldava no mastro da embarcação. Oito horas mais tarde, a chalupa entrava no canal contornado pelas praias da ilha Cambrígia, dobrava o cabo Sul e seguia os contornos da ilha Adelaide.

A ponta extrema da ilha Chairman acabava de desaparecer no horizonte do norte.

15

VOLTA À PÁTRIA

Não há razões para contar minuciosamente esta viagem através dos canais do arquipélago de Magalhães. Não foi marcada por nenhum incidente de importância. O tempo permaneceu constantemente belo. Naquelas passagens, com a largura de doze a quinze quilômetros, o mar não teria ocasião de se levantar ao sopro de borrasca.

Todos os canais estavam desertos e, demais, era melhor não encontrar os naturais destas paragens, que nem sempre são de humor hospitaleiro. Uma ou duas vezes, durante a noite, luzes foram assinaladas no interior das ilhas, mas nenhum indígena mostrou-se sobre as praias.

A onze de fevereiro, a chalupa, que foi sempre servida por vento favorável, desembocou no estreito de Magalhães pelo canal de Smyth, entre a costa oeste da ilha Rainha Adelaide e as elevações da Terra do Rei Guilherme. À direita elevava-se o pico de Santana. À esquerda, no fundo da baía de Beaufort, erguiam-se algumas daquelas magníficas geleiras das quais Briant avistara uma das mais elevadas, a leste da ilha Hanôver, que os jovens colonos continuavam a chamar ilha Chairman.

Tudo corria bem a bordo. É de crer que o ar, carregado de aroma marinho, fosse excelente para Doniphan, pois ele comia, dormia e sentia-se bastante forte para desembarcar, se aparecesse oportunidade, e recomeçar com seus colegas a vida de robinsons.

No dia doze, a chalupa chegou à vista da ilha Tamar, na Terra do Rei Guilherme, cujo porto estava deserto no momento. Assim, sem se deter, depois de contornar o cabo Tamar, Evans tomou a direção do sudeste através do estreito de Magalhães.

De um lado, a longa terra da Desolação estendia suas costas planas e áridas, desprovidas daquela vegetação verdejante que revestia a ilha Chairman. De outro, se desenhavam os recortes tão caprichosamente entalhados do istmo Crooker. Era por ali que Evans contava procurar a passagem do sul, a fim de dobrar o cabo Forward e de subir a costa leste do istmo de Brunswick até ao porto de Punta Arenas.

Não foi necessário ir tão longe.

Na manhã de treze, Service, que estava em pé na proa, exclamou:

— Fumaça a estibordo!

— Fogueira de caçadores? — perguntou Gordon.

— Não!... Parece mais fumaça de vapor — informou Evans.

De fato, naquela direção, as terras estavam demasiado distantes e a fumaça de acampamento de pesca não seria visível.

Imediatamente, Briant, lançando-se à aparelhagem da mezena, atingiu o alto do mastro e exclamou por sua vez:

— Navio!... Navio!...

Em breve a embarcação estava à vista. Era um vapor de oitocentas a novecentas toneladas que navegava com velocidade de onze a doze milhas por hora.

Hurras partiram da chalupa, tiros de fuzil igualmente.

Ela fora vista e dez minutos depois se encostava no vapor Gafton, que fazia a rota da Austrália.

Num instante, o capitão do Gafton, Tom Long, foi posto ao corrente das aventuras do *Sloughi*. A perda da escuna tivera repercussão considerável, tanto na Inglaterra como na América, e Tom Long apressou-se a recolher a bordo os passageiros da chalupa. Ofereceu-se mesmo para conduzi-los

210

A viagem foi tranqüila, e o tempo permaneceu constantemente belo.

diretamente a Auckland — o que o afastaria um pouco de sua rota, pois o Gafton destinava-se a Melbourne, capital da província de Adelaide, ao sul das terras australianas. A travessia foi rápida e o Grafton, foi fundear no ancoradouro de Auckland no dia vinte e cinco de fevereiro.

Alguns dias depois, completar-se-iam dois anos que os quinze alunos do Pensionato Chairman tinham sido carregados a mil e oitocentas léguas de Nova Zelândia.

É preciso renunciar a descrever a alegria daquelas famílias, às quais seus filhos foram devolvidos — aqueles filhos que acreditavam tragados pelo Pacífico. Não faltava um só daqueles que haviam sido carregados pela tempestade até as paragens da América do Sul.

Num instante, espalhou-se por toda a cidade a notícia de que o Grafton repatriava os jovens náufragos. A população inteira acorreu e aclamou-os, quando caíram nos braços de seus pais.

Estavam todos ávidos por saber tudo o que se passara na ilha Chairman! A curiosidade não tardou a ser satisfeita. Primeiro, Doniphan fez algumas conferências a respeito, conferências que tiveram verdadeiro sucesso, do qual o jovem não deixou de mostrar-se bastante vaidoso. Depois, o diário que fora feito por Baxter — pode-se dizer hora por hora, — o jornal da Gruta Francesa, fora impresso, sendo tirado milhares e milhares de exemplares só para satisfazer os leitores de Nova Zelândia. Finalmente, os jornais dos dois mundos reproduziram-no em todas as línguas, pois não havia ninguém que não estivesse interessado na catástrofe do *Sloughi*. A prudência de Gordon, o devotamento de Briant, a intrepidez de Doniphan, a resignação de todos, rapazes e crianças, tudo isto foi universalmente admirado.

É inútil insistir na recepção que foi feita a Cate e ao mestre Evans. Não se tinham eles consagrado ao salvamento dos meninos? Assim, foi feita subscrição pública para dar a Evans um navio mercante, o Chairman, do qual ele se tornou ao mesmo tempo o proprietário e o capitão, com a condição de que tivesse Auckland como porto de permanência. E quando as viagens o traziam a Nova Zelândia, encontrava sempre nas famílias de "seus rapazes" a mais cordial acolhida.

Quanto à excelente Cate, foi reclamada, disputada pelos Briants, os Garnetts, os Wilcoxes e muitos outros. Finalmente, ela se fixou na casa de Doniphan, cuja vida fora salva por seus cuidados.

E como conclusão moral, eis o que convém guardar desta narrativa que justifica, parece, seu título: *Dois Anos de Férias*.

Jamais sem dúvida, os alunos de um pensionato estarão expostos a passar suas férias em iguais condições. Mas — que todas as crianças o saibam — com a ordem, o zelo, a coragem, não existem situações, por perigosas que sejam, das quais não se possa sair. Sobretudo, não esqueçam, pensando nos jovens náufragos do *Sloughi*, amadurecidos pelas provações e feitos na dura aprendizagem da existência, que, no seu regresso, as crianças eram quase rapazes e os rapazes quase homens.

A presente edição de A ILHA CHAIRMAN — DOIS ANOS DE FÉRIAS II é o volume número 7 da coleção Júlio Verne. Impresso na Líthera Maciel Ltda., Rua Simão Antônio, 1.070 - Contagem, para Villa Rica Editoras Reunidas Ltda, à Rua São Geraldo, 53 - Belo Horizonte. No catálogo geral leva o número 6070/0B ISBN: 85-7344-523-8.